陰陽師

鳳凰卷

陰陽師系列

第四部

夢枕獏——著

茂呂美耶——譯

新版推薦序

伴隨《陰陽師》系列小說十五年有感

承接《陰陽師》系列小說的編輯來信通知，明年一月初將出版重新包裝的第一部《陰陽師》，並邀我寫一篇序文。

收到電郵那時，我正在進行第十七部《陰陽師螢火卷》的翻譯工作，而且，由於晴明和博雅這兩人拖拖拉拉了將近三十年的曖昧關係（中文繁體版則爲十五年），終於有了一小步進展，令我陷入興奮狀態，於是立即回信答應寫序文。因爲我很想在序文中向某些初期老粉絲報告：「喂喂喂，大家快看過來，我們的傻博雅總算開竅了啦！」

其實，我並非喜歡閱讀BL（男男愛情）小說或漫畫的腐女，《陰陽師》也並非BL小說，但是，我記得十多年前，曾經在網站留言版和一些《陰陽師》死忠粉絲，針對晴明和博雅之間的曖昧感情，嬉笑怒罵地聊得鼓樂喧天，好不熱鬧。

說實在的，比起正宗BL小說，《陰陽師》的耽美度其實並不高。就我個人觀點而言，這部系列小說的主要成分是「借妖鬼話人心」，講述的是善變的人心，無常的人生。可是，某些讀者，例如我，經常在晴明和博雅的對話中，敏感地聞出濃厚的ＢＬ味道，並爲了他們那若隱若現，或者說，半遮半掩的愛意表達方式，時而抿嘴偷笑，時而暗暗奸笑。

身爲譯者的我，有時會爲了該如何將兩人對話中的那股濃濃愛意，翻譯得不露骨，但又不能含糊帶過的問題，折騰得三餐都以飯糰或茶泡飯草草果腹，甚至一句話要改十遍以上。太露骨，沒品；太含蓄，無味。所幸，這種對話不是很多。是的，直至第十六部《陰陽師蒼猴卷》爲止，這種對話確實不多。

然而，我萬萬沒想到，到了第十七部《陰陽師螢火卷》，竟然出現了令我情不自禁大喊「喂喂，博雅，你這樣調情，可以嗎？」的對話！不過，請非腐族讀者放心，這種對話依舊不是很多，況且，說不定我們那個憨厚的傻博雅，不明白自己說的那些話其實是一種調情。而能塑造出讓讀者感覺「明明在調情，但調情者或許不明白自己在調情」的情節的小說家夢枕大師，更令人起敬。

話說回來，不論以讀者身分或譯者身分來看，《陰陽師》系列小說最吸引我的場景，均是晴明宅邸庭院。那庭院，看似雜亂無章，卻隨著季節交替輪換而自有一番情韻。倘若我在進行翻譯工作時的季節，恰好與小說中的季節相符，我會翻譯得特別來勁，畢竟晴明庭院中那些常見的花草，以及，夏天吵得不可開交的蟬鳴和秋天唱得不可名狀的夜蟲，我家院子都有。只是，我家院子的規模小了許多，大概僅有晴明宅邸庭院的百分或千分之一吧。

爲了寫這篇序文，我翻出《陰陽師飛天卷》、《陰陽師付喪神卷》、《陰陽師鳳凰卷》等早期的作品，重新閱讀。不僅讀得津津有味，甚至讀得久違多年在床上迎來深秋某日清晨的第一道曙光。

此外，我也很佩服當年的自己，竟然能把小說中那些和歌翻譯得那麼美。不是我在自吹自擂，是眞的。我跟夢枕大師一樣，都忘了早期那些作品的故事內容，重讀舊作時，我眞的在文字中看到當年爲了翻譯和歌，夜夜在書桌前和古籍資料搏鬥的自己的身影。啊，畢竟那時還年輕，身子經得起通宵熬夜的摧殘，大腦也耐得住古文和歌的折磨。如今已經不行了，都盡量在夜晚十點上床，十一點便關燈。因爲我在明年的生日那天，要穿大紅色的「還曆祝著」（紅色帽子、紅色背心），慶祝自己的人生回到起點，得以重新再活一次。

如果情況允許，我希望能夠一直擔任《陰陽師》系列小說的譯者，更希望在我穿上大紅色背心之後的每個春夏秋冬，仍可以自由自在穿梭於晴明宅邸庭院。

茂呂美耶

於二〇一七年十一月某個深秋之夜

目錄

泰山府君祭

一

安倍晴明坐在窄廊，背倚柱子。

曲折的左膝，橫貼在地板上；右膝支著右肘，右手則托著右頰。

微傾著頭；脖子與臉龐的傾斜角度，散發出一股不可言喻的撩人魅力。

細長的左手指握著玉杯，偶爾將玉杯中的酒送到唇邊。

無論是啜酒前或正在啜酒，甚或是啜酒後，晴明那粉紅雙唇總是含著微笑。

源博雅坐在晴明面前，同樣在喝酒。

支柱細長的燈燭盤上，點著燈火。幼兒小指粗細的紅焰，呼吸般地左右搖曳。

此刻是夜晚。季節剛跨入梅雨期。

中午降下的雨似乎停了。現在只有似雨滴、又似霧氣的微粒水分，不浮不沉地滉漾在大氣中。

月亮似乎躲在黑暗天空中的某處，隱約發出朦朧青光。宛如夜氣在懷中擁抱著發出微弱亮光的青墨。

晴明與博雅一旁，是庭院夜景。

這庭院有如將部分的山野或曠野原封不動切割下來，再移植到此地。某些地方長滿了又高又密的雜草；而另一方，卻又可見綻開粉白花瓣的百合。

夜氣沁涼如水，但還不至於令人覺得寒冷。

晴明身上的白色狩衣，因吸滿了濕潤夜氣而加重。

「晴明啊，事情就是這樣。」博雅擱下酒杯，嘆息似地說。「你不能想想辦法嗎？」

「博雅，辦不到的事，就是辦不到。」

「可是，這是皇上的詔令。」

「不論是不是詔令，辦不到就是辦不到呀。」

「唔。」

「事物運行的道理就是這樣。」

「唔。」

「這道理跟皇上降詔明天別讓太陽升起，但太陽還是會升起一樣。我並非不願意做，而是辦不到。」

「我知道。」

「我是說，我無法讓人長生不死。就算如白比丘尼那般青春永駐，終有一天，她也逃不過死亡的宿命。這正是天地之理……」

「可是，皇上已經降詔，要舉行泰山府君祭。晴明啊，老實說，我也很爲難……」

「泰山府君祭這玩意兒，不是任何人可以隨便舉行的。」

「皇上沒有命令其他任何人呀。晴明，皇上指定由你主辦。」博雅說。

「話說回來，**那男人**幹嘛沒事說出泰山府君這名字？是不是有人在一旁出鬼主意？」

「好像的確是有人出了主意。」

「誰？」

「聽說是道摩法師大人。」

「蘆屋道滿？」

「據說，正是這個曾施行返魂術的可怕男人，向皇上建議『去找晴明向泰山府君要回這和尚的性命吧』。」

二

大約十天前，三井寺的智興內供①病倒了。

說是病倒，應說是一覺不起，醒不過來。

那天，早課時間到了，但每日必定於早課時間出現的智興內供，竟然不見蹤影。心生疑惑的年輕和尚去房間探看，發現智興仍在熟睡。喚了幾聲，智興依然沒醒來。年輕和尚於是伸手搖晃智興的肩膀，還是搖不醒。

年輕和尚暗忖，或許內供昨日太過疲累，便任智興繼續睡。然而，直至中午，甚至到夜晚、第二天早晨，整整一天，仍沒有醒來的跡象。

到了第三天，眾人終於感覺事有蹊蹺。

無論給智興內供喝水或拍打他的臉頰，種種方法都試過了，還是無法叫醒他。

熟睡中的智興，會看似痛苦地呻吟，也會乾咳一聲清清喉嚨。

第四天，氣息逐漸微弱；第五天，臉頰也消瘦了。再這樣下去，似乎有性命之憂。第六天，至今爲止送進他口中還能勉強喝下的白開水，也無法吞嚥了。到這地步，連藥師也束手無策。

---

①發音為「naigu」，全名為「內供奉十禪師」(naigubuzyuzenji)，為任職於皇宮佛道場的高僧。

也曾認爲或許有東西附身。大家誦經祈禱，依然不見效果。

第七天，名爲惠珍的弟子帶來一位據說是法師的人物。

這法師披頭散髮，滿臉蓬鬆鬍子，一口黃牙，只有雙眼炯炯發光。

此人正是道摩法師。

道摩法師伸手貼在熟睡中的智興額頭，或用手指按一下臉頰，更觸摸腹部與脊椎。全身都看過後，開口說道：「這大概不行了。」

「哇」的一聲，眾人聚集過來時，智興已停止呼吸，心臟也不再跳動。

「如今只能拜託安倍晴明趕緊向泰山府君借助力量，否則別無他法。」道摩法師說。

所謂泰山府君，原本是唐國之神，是中國五嶽之一、東嶽泰山的神，別名東嶽大帝。

自古以來，泰山便是死者靈魂歸宿的山岳。泰山府君正是審判死者靈魂善惡的神。據說，佛教傳入日本後，信仰中的泰山府君與地獄的閻羅王結合，成爲掌控人類壽命與生死的神。

再補充一件事。以泰山府君爲主神、經常舉行泰山府君祭的，正是土御門系族的陰陽師。其中，尤以安倍晴明最有名。

話說回來，道摩法師的建議於第八天傳進皇上耳裡。

第九天，皇上暗地召見源博雅，命源博雅當使者宣詔，要安倍晴明儘快舉行泰山府君祭。

因而，第十天的今夜，博雅才避人眼目地造訪晴明宅邸。

三

「晴明啊……總之，事情就是這樣。」博雅說。

「可是，那男人爲何如此關照三井寺的智興內供？」

「那是因爲……」博雅擱下酒杯，望向庭院。

依照往昔習慣，每逢晴明稱呼皇上爲「那男人」時，博雅必定會規戒晴明一番，但今晚他卻沒開口罵晴明。

「因爲皇上曾經受智興內供多方面照顧……」

「照顧了什麼事？」

「這是皇上的祕密。皇上戀慕過一名女子，她過世後葬在三井寺內。某天夜晚，皇上非常想再見那女子一面……」

「結果呢？」

「智興內供便瞞著眾人，在皇上面前挖掘那女子的墳墓，讓皇上與她相會。」

「和屍體會面？」

「嗯。皇上在火光下見了那女子的遺體，潸潸落淚，感慨地說，『原來死亡是這麼一回事。原來人在生前須盡歡，才不枉費生爲人。往後參加筵席時，定要時常回憶起這容顏。』……」

「……」

「忘了是何時，年輕的皇上不是曾與某個女子定約，說將來定要迎她入宮嗎？就是那名每晚都駕馭一輛沒有牛拉曳的牛車，想要入宮的女子。」

「哦，她的名字好像是龍膽。」

「龍膽的墳墓也在三井寺。」

「原來如此，原來是這麼回事。」

「智興內供正是處理這些事的三井寺住持。因此，皇上聽到內供過世後，情不自禁下詔要你讓他起死回生，是有緣故的呀。」

「唔。」

「只是，自皇上頒詔後，已過了一天半，也許上意又有所變化了。」

「希望如此。」

「不過，智興內供的遺體和生前完全一模一樣，不會腐爛，所以皇上才情不自禁說出『讓智興起死回生』這種任性的話吧。不知道現在……」

博雅話未說完，晴明便制止他繼續說下去。「慢著，博雅，你剛剛說什麼？」

「我是說，內供的遺體和生前完全一模一樣。畢竟是品高德重的人，連遺體也與常人不同……」

「喂，博雅，智興內供或許還未過世。」

「可是，氣息停止了，心臟也不跳。」

「那要我去確認後才知道。」

「你肯去？」

「嗯。」

「太感激了。」

「不用感激。如果智興內供只是患了前述症狀的病，或只是有某種東西附身，那麼，就還有我出手的機會，事情就這麼簡單……」

「喔，喔……」

「只是，有些事想不通……」

「什麼事？」

「爲什麼會跳出蘆屋道滿大人和泰山府君……」

「唔，唔。」

「反正現在想這些也沒用。」

「那，那……」

「走吧。」

「唔，嗯。」

「走。」

「走。」

事情就這樣決定了。

四

第二天中午，晴明與博雅來到三井寺。

出來引路的是名爲惠珍的年輕和尚。

智興內供仰躺在地板上的床褥中，晴明與博雅坐在他枕邊。

「昨天和前天，都請了叡山和尚來爲師傅誦經祈禱……」惠珍說。

「結果都沒什麼變化吧？」晴明若無其事地回道。

「是。」惠珍頷首。

「爲什麼請叡山和尚來？」博雅問。

「以前，圓仁大師②從大唐迎來赤山明神，分祀在比叡山山麓的赤山神社。那神社的主神，其實正是泰山府君。」晴明回道，「應是皇上命他們舉行形式上的泰山府君祭吧。」

「今天也有人從叡山來嗎？」博雅問惠珍。

「事前已派人通報晴明大人將要來訪，今天應該不會有人來了……」

「那太好了。」語畢，晴明望著仰躺在床上的智興。

由於事前已讓他人迴避，房內除了智興，只有晴明、博雅、惠珍三人。

智興的臉看上去很消瘦，雙頰的肉像以刀刃削掉一般，只剩皮包骨。渾圓的眼球外形清晰可見，頭骨更像是只貼了一張皮而已。

不但沒有氣息，把脈時也感覺不到心臟鼓動，但皮膚依稀殘留著潤澤，

---

②圓仁大師（西元七九四～八六四），日本平安時代初期的天台宗高僧，號慈覺大師。西元八三八年入唐，於五台山、大興善寺等學法，八四七年歸國。著有《入唐求法巡禮行記》、《顯揚大戒論》等。

筋肉也很軟。

伸手觸摸智興的臉頰與脖子，可以感覺肌膚並不冰冷，似乎還留著些許體溫。

晴明伸出右掌覆在智興內供臉上，接著緩緩往脖子、胸部、腹部等處移動。

不久，晴明收回手掌，說：「內供體內好像有什麼東西。」

「有東西？」惠珍問。

「什麼東西？」博雅也探前問道。

「不知道是有東西附身，還是有其他東西侵入，實際狀況還不太清楚。但確實有什麼東西存在。」

「……」

「智興內供還活著。」

「那……」

「我可以拯救他的性命，只是……」

「只是什麼？」

「道滿大人爲什麼會提出泰山府君的名字？這點我很掛意。」

「意思是……」

「我們之間，或許有人會有性命之憂。」

「我們之間？喂，晴明，你說的是誰？」

「不是我，就是你。不然就是惠珍大人的性命。」晴明說。

「如果是我，我不在乎自己的性命。來到三井寺已二十餘年，雖然每天束身修行，卻無法得到滿意的成果。如此無用之身，如果能爲內供大人犧牲，實是於願已足。」惠珍回道。

「既然你決意如此，能不能請你準備筆墨紙硯……」

晴明語畢，惠珍立刻準備了東西過來。

「我現在要做的，是想瞞過吾輩主神泰山府君。」晴明邊磨墨邊說明，「萬一失手，我也會有性命之憂。不過，事情處理完之前，就讓泰山府君的注意力暫時專注在你身上吧。」

「我該怎麼做才好？」

「請等一下。」

晴明用毛筆沾滿磨好的墨汁，取起紙，在紙上沙沙寫了些什麼。

「晴明啊，你在寫什麼？」

「都狀。」

「都狀？」

「用唐文寫的泰山府君祭文。」

寫畢，晴明將紙張遞給惠珍，說：「能不能請你親手寫下自己的名字？」

惠珍接過毛筆，在祭文最後寫下自己的名字。

「你把這祭文收入懷中，再於窄廊那邊豎起一張屏風，躲在屏風後唸經。」

「要唸什麼經？」

「《法華經》或《般若心經》都可以，一直唸到我喊停爲止。否則，你和我都會有生命危險。」

「是。」

惠珍退出房間。不久，便傳來惠珍的唸經聲。

「晴明，你做了什麼？」

「那祭文的意思，是讓惠珍大人當智興內供大人的替身，將自己的性命獻給泰山府君……」

「那，惠珍大人他……」

「別擔心，只要他不停唸經就沒事。同時，我們解決掉這邊的問題就行了。」

「怎麼解決？」

「這樣解決。」

晴明伸出左手拿起剩下的紙張，再從懷中掏出一把小刀，用那小刀開始裁紙。

「你打算做什麼？」

「你就看著吧，博雅。」

晴明用小刀靈巧地裁出兩樣東西。一是小紙人，看上去是個身穿甲胄、腰佩長刀、手持弓箭、全副武裝的武士。另一是豆粒大小的紙犬。

「先將這個……」

晴明伸出左手，用手指扳開智興雙唇，再撬開牙齒，將小紙人塞進智興口中。

接著處理豆粒大小的紙犬。

晴明左手掀開智興身上衣服的下擺，將右手中的紙犬塞進下擺。

「你到底在做什麼？」

「我要把這隻狗塞進智興大人那高貴的後庭裡。」

晴明似乎很快便完成動作，收回伸進下擺內的右手時，指間已不見那隻紙犬。

接著，晴明口中小聲唸起咒文。

然後，智興下腹突然動了一下。

「喂，喂，晴明啊，剛剛腹部動了！」

晴明不回聲，繼續唸咒。

智興腹部再度動了一下。

「又動了！」博雅叫出聲。

抽搐。

抽搐。

智興內供體內之物開始四處蠕動，而且逐漸往上半身移。

「到底是怎麼回事？」

「那隻狗現在正在追趕智興內供體內的東西。」晴明回答博雅後，再度唸起咒文。

不久，智興喉嚨附近的筋肉像是有東西在往外推，咕、咕地向外蠕動起來。宛如有某種小野獸在喉嚨內橫衝直撞一樣。

智興雙脣之間不時會伸出獠牙後再收回去。而且，額頭附近好像將要長出兩支角，不時往上隆起又復平坦。皮肉已裂開，甚至滲出血滴。

「喂，喂，晴明，內供大人要化爲鬼了……」

「別緊張，博雅，暫時袖手旁觀吧。」果然如晴明所說，伸出又收回的獠牙、額頭上的角以及在喉嚨內橫衝直撞的東西，都逐漸安靜。

最後，一切靜止不動。晴明說：「看樣子似乎結束了。」

晴明伸出左手扳開智興的雙脣，再撬開牙齒，右掌攤開在智興的嘴前。

只見智興口中走出一個帶著狗的武士。

「晴明！」

那武士與狗一起跳到晴明的右手掌上。仔細一看，武士雙手捧著一個麻雀蛋大小的球狀物。

「一切結束了。」晴明剛說畢，武士與狗都恢復成原先的小紙人與紙犬。晴明的右手掌上，只剩下兩張白紙和一個白色的蛋。

「這是什麼玩意兒？晴明。」

「是智興內供大人體內的東西。」
「體內的東西？」
「也可以稱之爲蟲，或稱之爲疾病。總之，是棲息在智興內供體內的惡氣。」
「爲什麼外形像一粒蛋？」
「爲了讓惡氣暫時不能動彈，我把惡氣變成蛋。」
「不能動彈？」
「是啊。萬一惡氣動了，附在你身上的話，博雅，這回就換你變成智興內供大人那樣嘍。」
「那，智興內供大人呢？」
「已經沒事了。你看，他不是開始呼吸了嗎？」
聽晴明這麼一說，博雅望向床上的智興。果然沒錯，智興的胸部已開始微微起伏。
「智興內供大人早晚會醒來。」晴明向博雅說，「博雅，應該可以了，麻煩你去請惠珍大人過來吧。」

五

雖然雙頰依舊消瘦不堪，不過，智興內供的臉已恢復血色。方才讓他幾度吸吮沾溼的布，所以喝了不少水。

智興內供緊閉雙眼，正在輕聲打呼。

晴明與博雅、惠珍，坐在智興枕邊。

「接下來……」晴明向惠珍說道，「你必須向我說明其間種種經過。你應該懂得我的意思吧？」

惠珍似乎早已下定決心全盤托出，聽晴明這樣說，抬起臉點頭低道：

「是。」

「你們到底做了些什麼讓道摩法師趁虛而入的事？」

晴明所言，令人大吃一驚，博雅尤其比惠珍更吃驚。「喂，晴明，你怎麼突然說出這種話？」

「說難聽一點，蘆屋道滿就像專門侵蝕人心的蟲。是人心呼喚他接近的。而且，爲了打發無聊，他離去時會順便啖噬人心……」

「……」

「然而，即便是道滿，也無法強迫你們做出不符己意的事。你們到底向那男人要求了什麼？」

聽晴明如此問，惠珍低頭斷啞地輕聲回道：「是……色、色戒……」

色戒，亦即僧侶犯了淫戒，與女性發生肉體關係。

「你們……不是你們，是智興內供吧，他到底如何犯了色戒？」

「屍、屍體。智興大人用女人屍體犯了色戒。」惠珍的聲音支吾期艾，說畢便噤口不語。

「如何發生的？」晴明問。

惠珍斷啞地開始低聲說明來龍去脈。「我自從當沙彌以來，一直受到智興大人的寵愛……」

六

沙彌是寺廟舉行法事或祭禮時，盛裝參加儀式的金童。年齡大約七歲至十二歲，有時候也會充當神靈降臨時的乩童。

由於戒律禁止僧侶犯色戒，於是，沙彌有時便成爲僧侶發洩的對象。

惠珍坦白說出自己是沙彌時，便已成智興的禁臠。待惠珍成人，升為僧侶，依然持續兩人的關係。

「這樣下去，直至臨死之前，我大概終生都無法得知女人的滋味……」

惠珍說，三年前開始，智興偶爾會吐露這種內心的遺憾。

智興今年六十二歲。不但肉體衰弱，體力也大不如前。

「臨死之前，只要一次就好，眞想體驗一下女人肉體的滋味。」

然而，又不能實際犯色戒。

此時，道摩法師出現了。

某夜，惠珍與智興雨散雲收後，惠珍正想離去時，智興內供又夾雜著嘆息，喃喃自語類似的話。

就在這時，房外突然傳來聲音。

「反正人的性命終究有限，既然這麼想做，為何不做？」

惠珍與智興往外一看，才發現道摩法師佇立在夜晚庭院的月光下。

「不管服事神佛或服事鬼，一生就是一生。一生沒有嘗過女人肌膚的滋味，眞是無趣啊。」道摩法師得意笑著，並說：「能不能給吾人一碗泡飯？讓吾人吃一碗泡飯，吾人可以教你們一件有趣的事，以當謝禮。」

法師是個奇妙的男人。打赤腳，外表看上去骯髒不堪，身上只穿一件賤民穿的破爛窄袖便服。

這人到底從哪裡潛進來？不過，這人有一種如磁力般吸引人的力量。

惠珍不由自主地替道摩法師準備了泡飯。他接過後，在庭院站著吃，眨眼間便吃光了。

「人稱吾人爲道摩法師。」男人將碗擱在窄廊說道。

他既未剃髮，也沒穿法衣，如何稱得上是法師？但惠珍卻彷彿著了迷，問道：「法師大人，您剛剛說有趣的事是……」

「你想知道？」

「是。」

「不犯色戒，卻可以玩女人。」道摩法師若無其事地說。

「怎麼可能？」

「今天中午，後山埋了個女人。是個剛死不久、二十四歲的女人。你聽好，已經死了的女人不算女人，只是個具有女人肌膚與女人陰部的物體而已。最重要的是，守口如瓶。現在還沒生蛆也沒生蟲，不過，錯過今晚，恐怕就沒機會了。吾人說的謝禮，正是這件事。」

語畢，道摩法師轉過身，丟下一句「吾人走了」，便失去蹤影。

「眞不像話，怎麼可以……」惠珍邊說邊回頭，刹時，硬吞下還未說完的話。

原來智興眼中凝結著堅定亮光，渾身微微打著哆嗦。

那模樣，與惠珍至今爲止所熟知的智興，判若兩人。

七

「結果，你們去了？」晴明問。

「是。」惠珍點頭，「我用鋤頭挖出全身都是泥土味的女屍。然後，那屍體……」

「智興內供做了？」

「是，而且是三次。」

「三次？」博雅叫出聲。

「第三次結束後，我們身後傳來聲音。」

聲音叫喊著「看到了」、「看到了」，那聲音令人毛骨悚然。

回頭一看，才發現道摩法師渾身披著月光，佇立在後。

道摩法師放聲大笑：「果然做了、果然做了。」又喜不自禁地說：

「喂，你們知道嗎？她是三月二十八日生的巳年女。」

「你們玷汙了與泰山府君同一天生辰的女屍，應該知道這代表什麼意思吧……」道摩法師興沖沖說著。

「你們偷了本來要獻給泰山府君的供品，不知結果會如何喔。」道摩法師說完後，在月光中手舞足蹈地消失了。

「這是十天前夜晚的事？」晴明問。

「是。」

回到寺裡，智興便說頭痛、身體不舒服，就這樣臥病在床。

「這就是事情的始末。」惠珍說。

「聽說你曾經帶道摩法師來過一趟……」

「不，其實是道摩法師自己來的，說是來探看智興大人是否無恙。」

「果然如此。」

「他到底爲了什麼目的而來呢？」

「他的目的是提出我的名字，故意安排我到這兒來。」

「那法師……」

「沒錯，至今爲止，大家都只是受他擺布而已。不但是你，我也是……」

「……」聽晴明如此說，惠珍無言以對。

「方才雖然差點喪命，不過，現在沒事了。」晴明說。

「眞的？」

「剛剛給你的祭文，能不能請你還給我？」

晴明接過惠珍從懷中取出的祭文，攤開紙張，拿起一旁還沒收拾的毛筆，刪掉惠珍的名字，再於惠珍名字旁寫上自己的名字。

「啊！」惠珍叫出來，「晴明大人，這……您……」

「不用擔心。」晴明邊說邊站起來。

「喂，晴明，你打算怎樣？」博雅也慌忙站起來問道。

「這兒的問題全解決了，所以我打算回家。你就向皇上報告，事情全部結束了，就說是我說的，這樣應該可以吧。」

「喂，喂！」博雅呼喚已邁開腳步的晴明。

「快走吧。必須先做好迎接泰山府君的種種準備，今晚會很忙。」

八

兩人在喝酒。

地點是晴明宅邸的窄廊。

與昨晚一樣，窄廊上只點著一盞燈火。

晴明背倚柱子，悠閒自在地舉杯送到唇邊。

博雅也同樣舉杯送到唇邊，但他顯然有點坐立不安。

兩人之間，另擱著一只琉璃酒杯。酒杯中，有個小小的類似鳥蛋的東西。正是紙武士從智興內供體內趕出來的東西。

今夜的庭院與昨晚一樣，飄浮著看似小水滴又類似霧氣的微粒水分。

上空的青光比昨晚稍亮，不知是因爲即將滿月，還是大氣中煙靄般的微粒水分比昨晚少……

濕潤的植物芳香濃郁地飄盪在兩人吸入的夜氣中。

「話說回來，晴明啊，到底是怎麼回事？我完全無法理解。」博雅邊喝酒邊問。

「我不是說過了？」晴明回道。

「你說過什麼?」
「那個道滿大人爲了消遣,耍弄了大家一場。」
「爲了消遣?」
「是啊。那男人最初出現時,不是慫恿智興內供去犯色戒嗎?那時,智興內供便已中了他的咒。」
「又是咒?」
「是啊。那是智興內供內心想做的事。他只是將智興內供的心願說出口,拴縛了人心。」
「是嗎?」
「這次事件裡力量最大的咒,大概正是泰山府君吧。」
「泰山府君?」
「所以智興內供才會嚇得有如驚弓之鳥,在自己體內製造出這種東西。」
晴明將視線移至琉璃酒杯中的物體。
「這東西到底是什麼?」
「是智興內供因驚嚇過度而製造出來的東西,說淺顯一點,就是鬼怪。」
「你說的根本不淺顯。爲什麼這東西是鬼怪?」

「對智興內供而言，即便對方是屍體，色戒終究是色戒。罪行的自覺、對泰山府君的恐懼，還有至今數十年的修行仍無法捨棄的種種慾念，都在這東西內。」

「原來如此。」博雅似懂非懂地回應。

「等這東西孵出來，我打算當成式神來用。」

「用這東西？」

「嗯。」

「到底會孵出什麼？」

「我也不知道。裡頭本來就是些沒有形狀的慾念，只要我下令，大概可以隨意變成任何種類的蟲或鳥吧。」

「是這樣嗎？」

「正是這樣。博雅，這可是珍貴寶物。」

「哪算是寶物？」

「你想想看嘛。這是智興內供歷經長久修行後，最後依然無法捨棄的東西，一定可以成爲力量很強的式神。」

「晴明，難道你到三井寺的目的，一開始便是爲了這個？」

「怎麼可能？」

「我不相信。」

「我是聽到道滿的名字後，感覺他想利用這回事件引誘我出面，才去三井寺。」

「你剛剛不是說，這全是道滿爲了消遣而做的？」

「說了。」

「明明知道是消遣，你還去？」

「我也會想消遣一下。想看看道滿大人這回到底準備了什麼遊戲。」

「可是，不是很可能會出人命嗎？」

「沒錯。」

「而且照你說的，事件似乎還未結束？」

「嗯。」

「泰山府君會到這兒來帶你走嗎？」

「應該會來吧。」

「眞的？」

「眞的。」

「晴明，我還是無法相信你的話，泰山府君這玩意，眞的存在嗎？」

「說存在，便存在；說不存在，便不存在。這回是道滿大人說出這名字，令智興大人中咒，所以應該存在吧。」

「我聽不懂。」

「博雅，這世上是由幾個『層』與『相』構築而成的。」

「……」

「這些『層』與『相』的其中之一，正是泰山府君。」

「可是，我就是無法相信在某個地方有地獄，而泰山府君就在地獄中隨心所欲地決定人的壽命，或延長人的壽命。」

「博雅，我以前也說過，即便是泰山府君，終究也只是一種力量而已。若是說，有這種肉眼看不到的力量在決定人的壽命長短，那麼泰山府君確實存在。」

「……」

「人們祭祀這種力量，並將之稱爲『泰山府君』那一刻開始，這力量本身便成爲泰山府君了。一旦世上知道『泰山府君』這名字的人全部消失，『泰山府君』這玩意兒也會跟著消失，只殘留力量本身。此外，若是改變這

力量的稱呼，換句話說，改變咒，那麼，這力量雖是泰山府君，但會以另一種形式出現於這世上。」

「這麼說來，泰山府君之所以是泰山府君，說來說去，只是人下的咒而已？」

「正是如此。博雅，這世上所有東西的存在狀態，都由咒決定。」

「聽不懂。」

「不懂嗎？」

「雖然不懂，可是，那個泰山府君今晚會來帶你走吧？」

「因爲我將那紙上的名字改爲我的名字了。」

「若是來了，我們看得見嗎？」

「想見的話，就看得見。」

「到底是什麼形狀？」

「總之，你覺得泰山府君是什麼形狀，他就會以那種形狀出現。」

「唔。」

「那是一種無比強烈的力量。不過，到這兒來的，只是力量的一部分。」

「你不怕嗎？」

「船到橋頭自然直。」晴明剛說畢，庭院中突然出現一個人影。

「那是什麼？」博雅剛想站起身，人影便出聲了。

「是我。」蘆屋道滿——道摩法師——正佇立在庭院草叢中。

「歡迎。」晴明說。

「我來看熱鬧。」道滿說著，一邊緩慢地從草叢走向兩人相對而坐的窄廊。

「來看你到底如何應付泰山府君。」道滿得意地笑笑，抓起窄廊上的酒瓶，在窄廊一端盤腿而坐。

三人又開始喝起酒來。

彼此默不作聲。

時間逐漸消逝。

不知是不是錯覺，上空的月光似乎明亮了一些。

「博雅，笛子……」晴明道。

博雅自懷中取出葉二，貼在脣上。笛聲旋律流瀉於夜氣中。

又過了一段時間。

突然——

「來了……」道滿低聲說。

博雅正想停止吹笛，晴明卻用眼色制止了他。

博雅繼續吹笛，眼光瞄向庭院一隅。

只見高大楓樹樹根的草叢中，浮出一團朦朧的白色物體。看上去像是反射著月光的微粒水分，凝固在楓樹下的夜氣中，又看似身穿白色圓領公卿便服的人影。

博雅心想那是個人影時，白色影子似乎也逐漸形成人的形狀。

那東西又看似盤蹲在那兒，全神貫注地傾聽博雅的笛聲。

不知何時，那東西逐漸挨近過來。穿著白色公卿便服的人影，明明沒跨步走來，卻在不知不覺中已來到附近。

目光明亮，看似年輕男子，又看似女人。五官沒有任何表情，有點令人毛骨悚然。氣氛非常恐怖，令人感覺就算他冷不防張開血盆大口、露出獠牙，也不足爲怪。

持續凝視那東西，會讓人背部陣陣發冷，起雞皮疙瘩。

那東西終於來到窄廊前，晴明伸出右手微舉盛有白蛋的琉璃酒杯。

白蛋在酒杯中破裂了。

破裂的白蛋中，流溢出類似霧氣的柔軟光線，再從酒杯邊緣滿溢出來，逐漸增大。

然後，光線化爲一隻麻雀大小的大青蝶。

晴明以左手自懷中取出寫有祭文的那張紙，將紙遞到青蝶前。青蝶輕飄飄地浮在半空，用腳抓住紙張。

那是隻美麗的青蝶。

青蝶的頭部，是晴明的臉。

青蝶抓著紙張在半空翩翩飛舞。

接著，白影子突然動了一下。

公卿便服的影子沒有任何動作，只是飄然浮在半空，將青蝶合攏在雙掌內。眾人見到一陣銀色霧氣在夜氣中流動，公卿便服的人影與青蝶早已失去蹤影。

晴明仰望著人影消失的半空。

博雅放下笛子，沙啞地開口：「結束了？」

「結束了。」晴明回道。

「好險。如果不是在吹笛，我大概會大叫出來，逃之夭夭。」博雅吐出

一口大氣，再問晴明：「那是泰山府君？」

「沒錯。」

「在我看來，那是個五官有點像你，身穿白色公卿便服，年輕貌美的男子。你呢？你看到什麼了？」

然而，晴明卻沒回答，默無一言。

「太高明了……」道滿語畢，將酒瓶擱在窄廊，站起身。「泰山府君將你變出來的式神當作是你而帶走了……」

「是。」晴明平穩地點頭。

「呵呵。」道滿輕聲一笑，走了幾步，又在庭院中途停下，回頭叫喚。

「喂，晴明……」他滿足地笑笑，「下次再陪我玩吧。」

轉過頭，道滿再度邁開腳步。

「在下隨時隨地都願意奉陪……」晴明回道。

道滿在草叢中前進，月光悠然飄落在他背上。

不久，道滿的影子溶入庭院黑暗中，消失了。

晴明微微嘆了一口氣。

青鬼扯的男人

一

兩人閒逸地喝著酒。

夜氣中充滿秋的氣息。

晴明與博雅不時將酒杯送到嘴裡，宛如喝著在滿斟酒面上吹拂的秋的氣息。口中含著酒面上的秋風，和著酒一起喝下瀰漫在大氣中的氣息後，秋意也彷彿滲入了腹部。

「眞是舒服，晴明。」

博雅如痴如醉地嘆了一口氣，不完全是爲了酒。

這是位於土御門小路的安倍晴明宅邸。兩人相對坐在面向庭院的窄廊。

博雅坐在圓草墊上；晴明則背倚柱子，身上穿著白狩衣。

晴明右手舉著琉璃酒杯，漫不經心地望著夜晚的庭院。

一盞燈火孤伶伶燃著。

濕潤的秋風沙沙吹拂在庭院草叢上。

敗漿草、龍膽、即將落英的胡枝子，都在風中搖曳。

接近滿月的青色月光，從正上空照射在這些花草上。

秋蟲在草叢內鳴叫。

邯鄲夾雜在鈴蟲、金琵琶、蟋蟀的鳴叫中，發出更響亮的清澄叫聲，響徹夜氣。

這庭院，很像把整個秋天原野搬過來似的。

五天前來了一場暴風雨。暴風疾雨將大氣中尚未散盡的殘暑，一股腦兒不知運到何處去了。每逢夜晚，空氣更是澄澈冰涼。

「碰到這種夜晚，不知爲何，總覺得有點感傷。」博雅說。

「說得也是。」晴明簡短回道。

兩人有一句沒一句交談著，閒逸地喝酒。

「今晚眞舒服……」博雅喝了一口酒，說道：「這種夜晚，就算是妖物，大概也會觸景生情吧。」

「妖物嗎？」

「嗯。」

「即便是妖物，也是在這天地間與人產生了關係，才會出現。人心既會動情，妖物的心當然也會動情。」

「我覺得你好像在說，操縱妖物的都是人心。」

「不是好像，正是如此。」

「人心操縱妖物？」

「嗯。」

晴明點點頭，正要開口繼續講，博雅卻搶先制止。

「等、等等，晴明。」

「怎麼了？」

「你是不是打算接著講咒的道理？」

「是啊，你怎麼知道？」

「等等，不用講咒的道理了。」

「爲什麼？」

「你要是講起咒的道理，我現在心中的舒服感覺，很可能會飛到九霄雲外去。」

「是嗎？」

「所以，晴明啊，拜託你再讓我這樣悠閒地喝一陣子酒吧。」

「唔。」

「對我來說，和你這樣有一句沒一句地聊天喝酒，是很舒服的事。」

「是嗎？」晴明浮出類似苦笑又看似微笑的笑容，支著單膝，愉快地望著博雅。

「對了，你剛剛說的……」博雅道。

「剛剛說什麼？」

「妖物也會動情那事呀。」

「這又怎麼了？」

「五天前那個暴風雨的夜晚，橘基好大人好像看見了異象。」

「看見了？看見什麼？」

「看見妖物。」

「是嗎？」

「在一條大路的觀臺屋。」

「觀臺屋？基好大人爲什麼在暴風雨的夜晚到觀臺屋？」

「爲了女人。」

「女人？」

「基好大人沒說出對方是誰，總之，那晚基好大人同那女人在觀臺屋幽會。據說，他正是那時看見了妖物。」

博雅開始講述事情的來龍去脈。

二

那天夜晚——傍晚開始颳風下雨，天色愈黑，雨勁愈強。

橘基好與女人在觀臺屋內，心不在焉地聽著風雨聲。

觀臺屋本來就不是供人居住的建築物，是爲了讓群眾便於觀賞路經一條大路的賀茂祭①而建成的。

橘基好與女人的隨從皆已各自回到宅邸。

事前已吩咐隨從，隔日黎明再來迎接。基好有點後悔，早知道天氣會變成如此，應該讓隨從留下。

室內點著兩盞燈火。

雖然也準備了酒與下酒菜，但格子板窗縫隙似乎有風吹進，令燈火搖搖晃晃，感覺有點恐怖。加上格子板窗咯咯作響，實在引不起喝酒的氣氛。

夜愈來愈深，風雨也加強了。暴風雨激烈地敲打格子板窗。

格子板窗微微浮起，一陣暴風吹進，吹熄一盞燈火。

---

①京都三大祭之一，連同敕使在內的所有參與祭儀者，都在衣冠上裝飾葵葉，是以又稱為葵祭。祭典當日，敕使一行人自皇宮前往御祖神社，在神社舉行祭禮後，前往別雷神社進行相同儀式，結束後舉辦盛大宴會。

到了深夜，暴風雨更加強勁。結果，另一盞燈火也熄滅了。

大雨如瀉，敲打著屋頂，烈風轟隆纏著屋簷。

整棟觀臺屋讓疾風颳得搖搖擺擺，簡直就要飄浮起來。宛如有一隻不知自上天或地面伸出來的大手，正用力搖晃觀臺屋。

基好與女人魄散魂飛地相摟，口中喃喃念佛，最後似乎在不知不覺中睡著了。

之後偶然驚醒，兩人才發覺四周的激烈風雨聲已經消失。

方才強烈敲打屋頂的雨聲、咯咯搖晃格子板窗的風聲，全部消失了。

正是這種特異的靜謐令兩人驚醒過來。

突然，不知自何處傳來一陣聲響。那是低沉又蒼老的男人聲音。

傾耳靜聽之下，兩人發覺那聲音似乎在朗誦佛典詩句之類的。

那聲音逐漸挨近。

「諸行無常。諸行無常，萬物遷移流轉……」

那聲音似乎喃喃唸著上述句子。唸畢，又如唱歌般朗誦起《涅槃經》中的一段：

諸行無常
是生滅法
生滅滅己
寂滅為樂

怎麼回事？基好滿腹狐疑地打開格子板窗，這才發現不知何時暴風雨已停了，上空的烏雲也裂開了，清澄的夜空懸掛著月亮。

是半月。

上空疾速飛馳的烏雲間，露出一輪青色月亮，照亮了一條大路。

大路中央，有個人影在月光下行走。定睛一看，才發現這人影是個與屋簷一般高大、有著馬頭的鬼魅。

正是這鬼魅在朗誦《涅槃經》。

「諸行無常，是生滅法……」

鬼魅聲音嘹亮地朗誦經文，悠然自得地從一條大路西方走向東方。

那光景令人非常恐懼，卻又有一種類似心口被緊緊揪住的感覺。

就這樣，基好與女人躲在格子板窗後觀看，只見那馬頭鬼魅途經觀臺屋前，消失在皇宮方向。

三

「晴明，事情經過大致如此……」博雅不勝感喟地說，「這故事不是很美嗎？原來就算身爲鬼魅或妖怪，有時候也會陷於這種心境……」

博雅舉起酒杯，欲將酒精滲入體內般地一飲而盡。

「那是雪山童子的捨身偈吧。」晴明道。

雪山童子的捨身偈，是《涅槃經》中的故事。②

根據記載，某天，雪山童子在山中修菩薩行③時，不知自何處傳來吟誦聲。

「諸行無常，是生滅法……」

聲音吟誦著：這世上的一切都會遷移流轉；凡有生，必有滅，此乃人世間的法則。

雪山童子挨近一看，發現是鬼羅剎在山中吟誦詩句。

②出自《大般涅槃經卷十三聖行品》。常被喻為要修行求道，即身成就，就必須先捨下包括生命在內的一切。形容一個人修行求道的決心。

③欲在現世修行，成為擁有「信智一如」、「悲智交融」兩大特質的菩薩，必須先具備聲聞教的基礎，從大悲心出發，行深廣行，最後而能「不毀基」、「不越次」、「不倒亂」、「不偏缺」、「不脫節」。

「能不能請你繼續吟誦後半偈？」雪山童子問。
「我肚子餓了，無力吟誦後半偈。如果讓我飲人血、食人肉，大概便能吟誦後半偈。」鬼羅剎回道。
「那麼，你就吃我的身體吧。」童子說。
「生滅滅已，寂滅為樂。」鬼羅剎說出後半偈。
意思是說，如果能擺脫有生必有滅的無常痛苦，消除為此而迷惘的私心，便能令心靈清靜，這才是真正的安樂。
童子聽畢，欣喜萬分，立刻將這句偈刻在四周的樹木與石頭上，然後自己跳進鬼羅剎的血盆大口中。
瞬間，鬼羅剎變成帝釋天，摟著童子飛舞到上空，吟誦著祝詞。
這正是雪山童子的捨身偈故事。
「是啊，吟誦這句偈給雪山童子聽的，也是鬼魅。」
「是帝釋天化為鬼羅剎的吧？」
「是啊。所以說，基好大人見到的那個鬼魅，搞不好就是下賀茂或哪裡的神化身的。」
「是嗎？」

「換句話說，以某種意義來講，鬼和神，其實是同類。」博雅說。

「喔！」晴明發出驚叫聲。

「怎麼了？」

「沒什麼，博雅，因爲你說出很驚人的話。」

「什麼意思？」

「你剛剛不是說鬼和神是同類嗎？」

「說了，那又怎樣？」

「所以我才說，這很驚人。」

「什麼地方驚人？」

「因爲事實正如你說的那樣。」

「……」

「鬼或神，總結說來，都要和人產生關係後才會存在。」

「什麼意思？」

「無論是神是鬼，都是人心讓他們存在於這世上的。」

「你該不會想說，是咒令他們存在於這世上吧？」

「正是咒令神和鬼存在於這世上。」

「……」

「如果塵世的人類都消失了，眾神與眾鬼也會跟著消失。」

「唉，晴明啊，我覺得你說的道理太深奧了，我老是聽不懂。」

「這不是我說的，是你先說出來的，博雅。」

「我忘了說過什麼。」

「能夠忘了說過什麼，也正是你最厲害的地方。」

「你別要我。」

「我沒要你。」

「眞的？」

「我是在褒獎你，博雅。」

「你不要用這種話騙我……」

「我怎麼會騙你？」

「眞的？」

「眞的。」

「啊，不行，我覺得好像又被你騙了。」博雅啐了一聲，喝了一口酒，

接著說：「不管你是不是在騙我，我覺得剛剛在我內心鼓滿的那種陶醉心

情，不知飛到什麼地方去了。」

「那眞是抱歉嘍。」晴明以食指搔搔額頭，「這樣好了，我帶你去一個好玩的地方吧。」

「好玩的地方？」

「明天晚上你有空嗎？」

「有空是有空，晴明，你要幹嘛？」

「若是引用你剛剛講的話，便是帶你去看人心所產生的鬼。」

「鬼？」

「對。」

「什麼意思？」

「讓鬼產生的，是名爲鴨直平的男人……」

如此，晴明開始講述那男人的事。

四

有個男人，名爲鴨直平，年約四十出頭，還算得上眉清目秀。

直平的妻子名為萩，篤信佛教，雖然看不懂《涅槃經》上的文字，卻會唸經。

夫妻結縭十二年，一年前，直平移情別戀，今年春季休離了妻子。

休妻以後，直平對妻子不聞不問。一個月、兩個月、三個月過去後，怪風聲傳進直平耳裡。

並非妻子有了新戀人，而是聽說每逢夜晚，妻子會做些莫名其妙的舉動。

日頭下山、四周漸漸昏暗後，妻子會出門，飛奔也似地亂跑，口中呼喚直平的名字。

「直平大人，直平大人……」妻子打赤腳在樹林、山林內四處奔跑，並高聲大喊：「心愛的直平大人，您到底在哪裡？」

偶爾，那叫聲會突然變成怒吼：「直平，你這沒良心的東西……」

此外，有時候又會整夜守在屋內，不出大門。這時，要是有人去探看她，會發現她口中喃喃自語「直平大人，直平大人」，嘴巴咯吱咯吱啃著柱子。

還聽說，入夏以後，萩突然不肯進食。附近人家偶爾看見她，只見她已

瘦得皮包骨，且一次比一次消瘦。

聽聞這些風聲後，直平有點掛念。某天，他心血來潮，跑去探看元配。

然而，到了元配家中一看，發現屋內靜悄悄的，看不出有人在屋內生活的樣子。

戰戰兢兢往內探看，才發現有人躺在地上。

進屋仔細端詳，更發現躺在地上的人，正是元配妻子萩。而且，早已斷氣。更恐怖的是萩的遺容，張眼瞪視、咬牙切齒。

是憂思而死——也就是說，含恨而死。

「三天前就沒聽到她的聲音了，大概是三天前死的。」附近人家如此議論紛紛。

萩的雙親早已過世，也沒有其他親屬。沒人幫她善後，屍體就那樣擱置在家中。

而直平也早已跟萩脫離夫妻關係，因此，即便女人死了，他也沒考慮到要幫她做些什麼事。

於是，任憑女人的屍體躺在家中，直平就那樣回家了。

過了一陣子，直平又聽到怪風聲。

聽說，眾人棄置不顧的萩的屍體，無論經過幾天，都不會腐爛。頭髮不但沒脫落，骨頭也沒散亂，全身依然保持完整的骨架。

不僅如此，據說每逢半夜，屋內會發出青光，還會發出噪音。然後，屋內會傳出女人的呼喚聲：「直平大人，直平大人……」

直平又掛念起來，終於再度去探看情況變得如何。夜晚太恐怖，便選擇白天去。

從門口縫隙往內窺視，果然有個女人躺在地上。

死後已過了四十餘日，萩的屍體的確沒有腐爛。頭髮沒脫落，全身消瘦得宛如木乃伊，屍體臉孔面向門口。眼睛依舊張著。

明明全身與臉孔都已乾枯瘦癟，眼珠卻光潤滑溜。

直平見狀，不由自主「哇」地大叫出來，貼在門口縫隙的臉一縮，往後跳躍了一步。

五

「這是兩天前的事。」晴明向博雅說。

「可是，晴明啊，你怎麼知道這件事？」博雅問。

「今天中午，鴨直平來過一趟。」

「原來如此。」博雅點頭。

晴明聽完直平的說明後，扳著手指計算日期，向直平說：「這事有點嚴重。」接著又說，「如果不在一、二天內解決，你可能會有性命之憂。」

「請救救我！這樣下去，那女人會讓我不得好死。」直平驚慌失措地說。

「有種種方法可以救你，今晚……不，明天晚上比較確實吧。」

「我該怎麼辦？」

「有個方法很適當，不過，這方法會讓你飽嘗恐懼，你有這個決心嗎？」

「決心？」

「起因在你，即使會嚇得半死，總比真的喪失一條命要好吧？」

「是、是。」

直平點頭，又說了一句「萬事拜託您了」，才告辭離去。

「那，明天晚上到底要做什麼？」博雅問。

「這個。」

晴明從懷中取出一個手掌大小的木片偶人。

「今天就做好了。」晴明說。

博雅接過木片偶人，拿到燈火下照看，發現木片上寫著男人的名字「鴨直平」。

「這是什麼？」

「這個可以救直平一命。不過，明天晚上，他大概會嚇得半死。」

「原來你說他會飽嘗恐懼，是眞的？」

「那還用講？」

「你就是這樣，有時候只爲了小事，就故意嚇唬人家作樂。」

「說得也是。」晴明沒有反駁，點頭承認。「不過，這回是眞的。如果直平不遵照我的吩咐去做，眞的很可能喪命。」

「你到底打算如何？」

「明天晚上，你來了就知道。」

「明天晚上嗎？」

「傍晚之前，直平會來這兒，然後我跟他一起出門。」

「去哪裡？」

「下京，就是那女人家。」
「下京啊？」
「怎樣，你來不來？」
「唔……」
「博雅，去不去？」
「嗯。」
「走。」
「走。」
事情就這樣決定了。

六

安倍晴明、源博雅、鴨直平，三人來到女人家時，太陽已下山，天快要黑了。

雖然西方上空還相當明亮，但女人家四周卻看似罩住一團漆黑影子，特別幽暗。房子周圍也雜草叢生，那光景看上去相當駭人。

「進去吧。」晴明催促，三人於是走進家中。

「不會有事嗎？」直平惴惴不安地問。

「只要你意志堅定，就不會有事。」晴明回道。

進入家中後，只見整棟房屋都發出朦朧青光。果然有一具女屍倒伏在家中。誠如直平所說，屍體沒腐爛，頭髮也沒脫落。

直平全身打著哆嗦，躲在晴明背後探看女屍，沙啞地問：「我、我該怎麼做？」

「請你騎在屍體背上。」晴明說。

「騎、騎在這上面？」

「是的。」

直平泫然欲泣地望著晴明。

「快上去！」

晴明語畢，直平以求救的眼神望向博雅，最後才死心地騎到女人背上。

「接下來，抓住她的頭髮，無論發生什麼事，絕對不能鬆開。」

直平伸出顫抖的雙手，抓住女人頭髮。

「把嘴張開……」晴明吩咐。

直平張開嘴巴。晴明從懷中取出昨晚讓博雅看的木片偶人，說：「用牙齒緊緊咬住這個……」再將木片塞進直平口中。

「你聽好，從現在開始，不管發生什麼事，你絕對不能出聲，也絕對不能鬆開頭髮。只要違背任何一項，鬼會馬上吃掉你，你也會喪命。」

直平抖動著下巴，點頭。如果口中沒咬住偶人，上下排牙齒大概會因顫抖而發出喀嚓聲。

「好了，博雅，我們到那邊去。」

晴明領博雅走到屋中一隅，喃喃唸起咒文。

「我在這兒布下結界了，只要不大聲吵鬧，鬼不會發現我們。」

晴明還未說完，博雅便開口：「喂，喂，晴明，你看，那是什麼？」

轉頭一看，只見直平所騎的女屍，全身發出青光。

「快要開始了。」

「開始什麼？」

「快要產生鬼了。」

晴明剛說完，女屍霍地動了一下。接著，屍體支著雙手扶起上半身。散亂的頭髮披在臉上，青光炯炯的雙眼向四周睥睨了幾眼，女屍站了起來。

仔細一看，原來是全身青色的鬼。

直平貌似想發出悲鳴，雙手握住頭髮，死命騎在女屍背上。

「啊，好重呀，身體重得要命。」女鬼發出駭人的聲音，自言自語了一句，血紅長舌在口中躍動。「總算到了七七四十九日。捕捉那可恨的直平、啖噬他骨肉的這天，終於到了！」

女鬼邁開腳步，來到雜草叢生的院子，說了一句「直平，你身在何處」。語畢，女鬼飛奔起來。

七

奔馳。奔馳。

女鬼疾風般地奔馳在夜色中的京城。

風聲咻咻，在直平耳邊作響。

「他躲在這兒嗎？」

女鬼首先來到直平宅邸。但直平不在家中。

接著，女鬼來到直平的戀人家。

「這兒嗎？」

然而，直平也不在戀人家。

「啊，我聞到那男人的味道。那男人一定就在附近。」女鬼邊說，邊在京城大街小巷奔馳。

可是，依然找不到直平。

「直平，你這小子躲到那兒去了！」女鬼大喊，繼續奔馳。

背上的直平魂飛魄喪。

「我知道了，一定是某個陰陽師將直平藏起來了。」

事實正如女鬼所說，但女鬼做夢也沒想到，陰陽師竟將直平藏在自己背上。

「啊，話說回來，身體好重呀。」女鬼抱怨著。為了搜尋直平，整晚都在京城中奔馳。

然後，東方天邊開始發白。

「好吧，今晚先回去，明晚一定要找到……」

女鬼喃喃自語，背著直平再度回到自己家，倒伏在原來的地方。

八

「可以鬆開手中的頭髮了，站起來吧。」晴明向直平說，「已經沒事了。」

晴明雖如此說，但直平只是全身打顫，不但無法鬆開女人的頭髮，也無法自女鬼背上起身。

晴明伸手貼在直平手上，一一扳開直平的手指，直平才終於站起身，臉上涕淚交流。由於咬著木片偶人，嘴角兩端也流著口水。

晴明自直平口中取下偶人後，直平打著牙戰說道：「她、她說明天還要搜尋我。難道……難道我必須每晚都這樣做？」

「不用。」晴明邊說，邊將手中的偶人擱在倒伏在地的女鬼面前。

冷不防，女鬼睜開雙眼，大叫：「小子，原來你在這兒！」接著撲上偶人並咬住，嘖嘖作響地咬碎木片，吞入腹中。吞畢，女鬼又倒伏在地。

一趴倒，女鬼的頭髮便開始脫落，身上的肉也腐爛起來，四周充滿令人想掩鼻的腐臭。

一陣低沉的嗚咽聲響起。兩人轉頭一看，原來是直平在流淚。

「怎麼了？」博雅問。

「啊，我到底做了什麼孽？」直平說，「整晚騎在這女人的背上奔馳時，雖然嚇得半死，但我內心也萌生另一種感情。」

「什麼感情？」

「看到這女人拚命找我，我真的於心不忍。甚至想鬆開口中的偶人，告訴萩說，我在這兒……」

直平剛語畢，躺在地上的女人，嘴唇動了一動，像在唱歌般小聲地吟誦起來。

諸行無常
是生滅法
生滅滅已
寂滅為樂

吟誦完，女人的嘴唇停止蠕動。

腐爛不堪、散發出腐臭的女人雙脣，看似浮著微笑。

月見草

一

天空掛著滿月後過了一天的月亮。

從屋簷上空斜射下來的月光，映照在窄廊。

月光中，源博雅與安倍晴明正在把杯對飲。

窄廊上相對而坐的晴明與博雅之間，擱著盛酒的酒瓶。飲盡自己杯內的酒時，兩人便會不經意伸手，自己在杯內斟酒。

彼此均自斟自飲。

庭院中密密麻麻長滿夏草。草葉上皆有露珠，每顆露珠都似月亮棲宿其中，閃閃發光。

幾隻螢火蟲在黑暗中飛舞。

螢火蟲降落地面時，會讓人幾乎辨別不出是露珠或螢火蟲的亮光。

晴明身上是寬鬆白色狩衣，支著單膝，背倚柱子。左手舉著酒杯，偶爾將酒杯送到唇邊。

博雅觀賞著月光，陶醉地嘆了一口氣，再喝一口酒，眼神如痴如迷，喃喃自語：「晴明，今晚的夜色真舒服。」

晴明只是有一句沒一句地回應博雅，大部分時間都讓博雅自言自語。

晴明脣角經常含著若有似無的微笑，每次送酒到脣邊時，都看似在孕育脣角的微笑。

博雅像是突然想起某事。「話說回來，晴明啊，你聽說了前陣子那件事嗎？」

「哪件事？」

「皇上與菅原文時大人的事。」

「什麼事？」

「皇上召見文時大人，命他陪皇上作詩那件事。」

「黃鶯嗎？」

「原來你早知道了？」

晴明輕聲地喃喃唸出：「宮鶯囀曉光。」

「正是這個！」博雅拍了一下膝蓋。

事情是這樣的：前一陣子，村上天皇召見菅原文時，命他作詩。

歷代天皇中，村上天皇特愛風雅之道。不但對藝文深感興趣，也擅長和琴與琵琶等樂器。偶爾也會吟歌作詩，是位才子。

這時期，吟歌指的是作和歌；而所謂作詩，則是作漢詩。

博雅提出的話題，正是村上天皇作詩的事。

詩題是「宮鶯囀曉光」。詩文如下：

露濃緩語園花底
月落高歌御柳陰

意思是：拂曉時分，黃鶯躲在滿布露珠的花叢中，悠閒啼叫；月亮西斜時，便躲在柳樹陰影下高歌。

村上天皇極爲中意自己所作的這首詩，於是吩咐近侍：「傳喚菅原文時上殿。」

菅原文時是當代首屈一指的文人，也是菅原道真①之孫，更是文章博士②。

村上天皇召見了菅原文時，讓他看自己剛完成的詩，問他意見。

「這詩作得如何？」

「相當不錯。」文時回道。

---

① 菅原道真生於西元八四四年，卒於西元九〇三年。受父親影響，以文人身分從政，二十六歲即通過方略試。曾權傾一時，締造「寬平之治」，但遭其他貴族排擠，自右大臣之位貶至福岡大宰府任官，兩年後逝於福岡。

② 官吏培育機關「大學寮」的教官，專門教授詩文與歷史，官位從五品下，唐名為翰林學士、文章學士等。

「你也作一首看看。」

村上天皇命菅原文時以同一題目另作一首詩。

這時，文時的詩文如下：

西樓月落花間曲

中殿燈殘竹裡聲

意思大概是：拂曉時分，月亮西斜時，黃鶯在花叢中高歌；中殿的燈火還未熄滅時，便在庭院前的竹林啼叫。

村上天皇閱畢，嘆道：「朕自認此題出類拔萃，文時所作亦佼佼不群。」

村上天皇認爲在這個題目下，自己所作的詩應該無人可以比擬，但文時所作的詩，也非常出眾。於是，天皇向文時說：「我們來比比看。」

「啊？」

「文時，我們來比較一下，你的詩與朕的詩，到底哪個好？」

文時一聽，左右爲難。

「小臣認爲，皇上的作品極爲傑出，尤其是下句七字，勝過文時……」
「不然。」
沒那回事——村上天皇不同意文時所言。
「你說的是恭維話吧。老實說出你的意見，要不然，往後無論任何事，都不准你向朕奏議。」
文時一籌莫展，將額頭貼在地板，老實承認皇上的詩與自己的詩不分優劣高下。
「實爲御詩與文時之詩對等。」
「既然如此，你在此發誓吧。」村上天皇依然逼迫文時說出老實話。
「實爲文時之詩略高一籌。」
束手無措的文時，只好承認自己的詩確實比皇上的詩稍微高明一些。語畢，便「逃之夭夭」，打退堂鼓了。
「結果，晴明啊，聽文時大人老實招出後，皇上反而很過意不去。」
哎，朕實在很對不起文時——
「皇上這樣說，而且對老實說出自己的詩比較傑出的文時大人，讚不絕口。」

「那男人就是這樣。」晴明微微一笑。

晴明口中的「那男人」，指的是村上天皇。博雅正想開口指責，晴明接口：「那，博雅，你知道昨晚的事嗎？」

「昨晚？什麼事？我不知道。」

「博雅啊，其實也有其他人聽聞這件事後，深受感動。」

「深受感動？」

「你知道大江朝綱大人嗎？」

「喔，當然知道。大概八、九年前，於天德元年（西元九五七年）過世的那位文章博士大江朝綱大人吧？」

「嗯。」

「他怎麼了？」

「事情是這樣的……」

晴明開始說明來龍去脈。

二

昨晚——亦即八月十五日夜晚。

幾位平日喜弄筆墨的朋儕，此夜聚集在某宅邸喝酒。主要話題正是前些日子村上天皇與菅原文時的事。

「不愧是文時大人，實話實說……」

「雖然對方是皇上，但畢竟詩文之評與官位進退無關啊。」

「是嗎？那你敢像文時大人那般說出實話嗎？」

「那當然了。」

「事後或許會遭受責備，這樣你也敢說出來？」

「是呀，沒人敢像文時大人那樣說的。」

由於文時不在場，眾人隨心所欲地各抒己見。

「不，眞正了不起的是皇上。聽說皇上不但沒責備文時大人，還褒讚不已。」

「嗯，皇上大概也認爲文時的詩比自己高一等，才會追根究柢吧。」

眾人議論紛紛，最後話鋒一轉，討論起至今爲止到底哪幾位文人的文章

能與文時媲美。

「首先，古來便有高野山的空海和尚……」有人說。

「文時大人的祖父菅原道眞大人，不是也有兩手？」也有人如此說。

「那，已故的文章博士大江朝綱大人所寫的東西，不是也很出色？」

「喔，朝綱嗎？」

「他過世幾年了？」

「八年或九年吧。」

「對了，朝綱大人的宅邸，應該在二條大路與東京極大路的交叉路口一帶吧？」

「可是，我聽說現在沒人住了。」

「那正好。怎樣？乾脆大家帶酒一起到朝綱大人宅邸，邊喝酒邊繼續討論文章的話題。」

「好主意。而且今晚是八月十五，滿月。」

「既然如此，大家以月亮爲娛，在月光下吟誦各自喜愛的詩歌也不錯。」

「喔！」

「好！」

事情便如此決定，大家準備了酒，相偕出門到朝綱宅邸。

三

一行人藉助手中的燈火穿過大門。只見庭院荒蕪不堪，宅邸也傾塌了，處處雜草叢生。

月光將眾人身上的衣物染成青色，明亮地映照出荒廢宅邸。

連屋頂也長滿雜草，簡直無法相信文章博士曾在這兒住過。

「哎呀，這眞是……」

「人，還是活著時才有價值。」

「不，這也不錯。換個角度來看，這光景也別具風韻。」

「嗯。」

拖著雜草夜露濡濕的下擺，眾人四處走動，發現只有廚房的屋頂尚未傾塌，還殘留原狀。

「就坐這兒吧。」

大家選定了廚房的窄廊。有人在窄廊擱著圓草墊坐下，有人站在庭院，

飲酒作樂、吟詩作對起來。

某人吟出下述詩句：

踏沙被練立清秋

月上長安百尺樓

大意是：踏著河岸白沙，肩上披著絹帛，站在清明秋氣中，只見明月高高懸掛在長安城高樓上。

吟詩者向眾人說明了詩詞意思，接著又說：「這是《白氏文集》中的一句，正適合今晚的月色吧？」③

白氏——即白樂天。

「白居易往昔住在大唐長安城時，因讚賞八月十五日的滿月而作此詩。」

「原來如此，果然動人心弦。」

「唔，唔。」

眾人一致贊同。正當大家重複吟詠這句詩詞時，東北方出現一個人影，踩踏著潮濕草叢，在月光下靜悄悄走過來。

③現今的《白氏文集》中沒有這首詩，但《今昔物語》中卻有這首詩的典故。

眾人一看，原來是尼僧打扮的女子。

女子來到眾人面前，問道：「是何方貴客來到此地遊玩？」

「今夜，月明如畫，我們是來賞月的……」

由於月色太美，我們刻意來到這裡賞月吟詩，享受月色。其中一人向女子說明來意。

「各位知道這兒是誰的宅邸嗎？」女人問。

「是大江朝綱大人的宅邸吧？」

「我們認爲既然要賞月吟詩，再也沒有別處比這兒更適合了。」

「話說回來，深更半夜來到這種地方，師太到底是何方人物？」眾人各自回答了女子的問題，最後如此反問。

「我是已故朝綱大人的女侍之一。往昔的眾多隨從，如今均已各奔東西……有些人過世了，有些人形蹤不明，目前只剩下我一人……」女人沙啞地回道，「只剩我一人守在這兒，雖不知還能活多久，不過，我打算在此度過終生。」

聽畢女人的話，來者中亦有人潸潸淚下。

「方才開始便一直聽聞各位大人的談話，不知是哪位大人吟詠了《文集》

中的詩句……」女子問。

「是我。」吟詠白樂天詩詞的人回道。

「方才您說『月亮登上長安城百尺樓』，往昔，朝綱大人並非如此解詩。」女子說。

「是嗎？」

「那又如何解釋？」眾人興致勃勃地探著身子追問。

「如果我的記憶無誤，應該是這樣……」女子說畢，以嘹亮嗓音在眾人面前揚聲吟誦。

月亮誘人登上長安百尺樓……

「原來如此。聽師太吟誦，意思果然是這樣的。」

「有道理，我也覺得不是月亮登上百尺樓，而是人受到月亮吸引、登上百尺樓的說法比較正確。」

女子吟畢，眾人紛紛同意。

「有件事想請教各位大人……」女子一本正經地說，「朝綱大人曾惠賜我一首和歌……」

「什麼和歌？」眾人深感興趣地望著女子。女子揚聲吟誦：

月缺倍珍惜
踏沙行此宮

「咦？」

「沒聽過。原來朝綱大人曾經作了這麼一首和歌……」

「我想請求大人幫我解開這首和歌的謎。」女子說。

解謎——女子的意思是，幫她分析這首和歌的隱意。

「哎，解不開。」

「到底有什麼隱意？」

正當眾人百思莫解，女子哀戚地仰望月亮，輕聲低喃：「請大人務必記住這首和歌。如果有人解開這首和歌的隱意，勞煩他到這兒一趟，告訴我和歌的意思。」

語畢，女子在月光下深深行了一個禮。

然後，她宛如融於月光中，消失蹤影。

四

「總之，就是發生過這樣的事……」晴明說。

「可是，晴明，你爲什麼知道這件事？」博雅問。

「女子消失後，眾人突然害怕起來……」晴明笑著說。

搞不好那女子不是這世上的人……

不僅吟誦和歌，又請求我們解謎，如果置之不顧，是不是會發生不祥之事……

於是，眾男子憂心忡忡，決定找晴明解決問題。

「今天早上，其中一人便來找我商談。」

「原來如此……」博雅點頭，「結果呢？你解開和歌的謎了？」

「不，我也解不開，所以打算去見那女子。」

「見那女子？」

「夜晚去的話，應該見得到。其實今晚也可以……」晴明望著博雅。

「今晚？」
「嗯。」
「你是說，我也一起去？」
「如果你害怕，明晚我單獨去也可以。」
「我才不怕。」
「那，去不去？」
「唔……」
「去嗎？」
「嗯……」
「到底去不去？」
「走。」
「走。」
事情就這樣決定了。

五

兩人來到朝綱宅邸時，已是深夜。

晴明與博雅穿過大門，眼前果然是荒廢的庭院。

「那女子在這兒嗎……」博雅說。

「應該在吧。」晴明踩踏著草叢往前走。

「你要去哪裡？」

「東北方，那兒應該有什麼東西。」

博雅跟在晴明身後，轉到宅邸後院，晴明停下腳步。

後院有個埋沒在雜草中的小墳塚。

「喂，你唸一下《文集》中那詩句吧。」

博雅開口吟誦：

踏沙被練立清秋……

還未吟畢，草叢中便出現一個人影。仔細一看，正是前夜人們所述的那位尼僧打扮女子。

「昨晚有客，今晚也是。請問是何方人物？」女子細聲問。

「我們是來解謎的，解妳昨晚吟詠的那首和歌之謎。」

聽晴明這麼一說，女子的表情像是反射著陽光，明亮起來。

「大人知道了那首和歌的隱意？」

「不，還不知道，不過，應該可以解開。爲了解謎，妳必須先向我們說明一些事由。」

「什麼事由呢？」

「聽說，那首和歌是朝綱大人爲妳作的？」

「是。」

「朝綱大人到底是在什麼情況下作了那首和歌？」

「是。」女子深深點頭，繼續說：「那我就坦白說。其實，我雖是朝綱大人的女侍之一，但與朝綱大人也有男女關係。朝綱大人時常指導我作詩或作和歌。」

「然後呢？」

「約在朝綱大人過世前一年吧，某天，朝綱大人傳喚我，給我這首和

歌。」

女子說，朝綱當時告訴她，「妳照顧我很多年，我大概也活不久了。萬一我有什麼事，我會留足夠的東西給妳，妳就利用那東西過餘生吧……」

又說，「以前我不是教過妳《文集》中詩句的解法嗎？這首和歌正與那詩句有關。如果我有什麼意外，妳再打開來看看。」

朝綱說完，遞給女子一封信箋。

「朝綱大人過世後，我打開信箋，信箋內寫的正是那首和歌……」女子哀戚地低下雙眼，「可是，我無法理解和歌的隱意。」

月缺倍珍惜
踏沙行此宮

晴明喃喃唸起和歌內容。

「怎樣？博雅，你懂嗎？」晴明問。

「完全不懂。文中的『月缺』，意思有兩種，一是月亮缺圓，另一是記掛在心④，正好成爲謎語。我只懂得這點。」

④日文中的「記掛在心」（心にかける）及「月缺」（月がかける）諧音。

「既然懂得這點，應該猜得出全部隱意。」

「應該猜得出？晴明，你猜得出隱意？」

「你說呢？」回答過博雅，晴明再轉頭問女子：「白樂天的詩句，是八月十五日滿月。滿月過後的月缺，是什麼？」

「新月？」女子低語。

「不，滿月過後的月缺，是半月。朝綱大人的意思，很可能是叫妳掛念半月，珍惜半月吧？」

「可是，那又是什麼意思？晴明，我完全猜不出來。」

「另一句說的『此宮』，指的正是這棟宅邸。博雅，詩句中的『沙』，是河岸白沙。作者是白樂天、地點是長安的話，應該是曲江的白沙。」

「是嗎……」

「請問，與朝綱大人有關的地方，有沒有哪裡牽涉到水？」晴明問女子。

「我想起來了……」女子點頭，「朝綱大人引水到庭院建造池塘時，曾經提過幾次，說如果這宅邸是長安，池塘便是曲江。」

「請妳帶路吧。」

女子興致昂然地在草叢上邁開腳步。不久，女子停下腳步。
「是這兒。現在雖然乾涸了，不過，從前這兒有池塘……」
「觀賞池塘時，朝綱大人通常站在何處？」
「那兒。正是大人您所站之處的附近。」
「那麼，我們來挖挖看。」
晴明從荒廢宅邸內取出木板，就在自己剛剛站立的地方開始挖掘起來。
挖了約一尺深，木板似乎碰觸到什麼東西。
「什麼東西？」晴明取出洞穴內的東西。「出來了，這就是半月。」
晴明將手中的東西舉至月光下映照，原來是半月形的象牙梳子。
「哎！」女子發出驚叫聲。
「應該不只這個，和歌暗示要記掛月亮、珍惜月亮。喂，博雅，能不能換你挖一下？」
博雅接過木板，在原地繼續挖掘，木板果然又碰觸到某樣堅硬的東西。
「好像有東西！」
博雅持續往下挖了約一尺，結果，從泥土中挖出一個手掌大小的小甕。甕上有木蓋，以繩子綑綁。

博雅將小甕擱在草叢上，解開繩子。

「我要打開嘍。」

博雅打開木蓋，甕內的東西在月光下閃閃發光。

「這不是黃金嗎？」博雅說。

原來是沙金。雖然容器是個小甕，但裡面裝的是黃金。

「正是這個。朝綱大人留給妳的東西，正是這個。」晴明說。

「謝謝大人。」女子頷首，「朝綱大人過世後，我一直惦記著這件事，始終無法離開這棟宅邸。死後，也爲了這件事而無法瞑目。現在總算可以放下一顆心了。」

女子望著晴明：「麻煩大人利用這些沙金，請某寺院的僧侶幫我和朝綱大人唸段《觀音經》。剩下的，請大人隨意用吧……」

還未語畢，女子的影子便在月光下逐漸淡薄起來。交代完後，女子就消失了。

「晴明，原來世上也有這種事。」博雅手上還握著木板，不勝感喟地說。

「解決了。怎樣？博雅，要不要繼續下去？」

「繼續什麼？」

「回家繼續喝酒呀，喝到月亮不見影子。」

「好，就這麼辦。」

「嗯。」

「嗯。」

含著夜露的雜草，有如被月光水滴淋濕了一般。晴明與博雅踏在其上，走出宅邸。

來到大門，咕咚一聲，博雅將手上的木板拋向地面。

月光下，兩人徐緩地邁開腳步。

漢神道士

一

櫻花紛紛揚揚飄落。

黑暗中，櫻花花瓣無聲無息地漫天飛舞，飄落而下。

無風。

花瓣因承受不住自身重量，離開枝頭，落至地面。

是盛開的櫻花。

花瓣片刻不停地飄落，而無論如何飄落，枝上的櫻花數量依然不變。

櫻花上空，是蒼白月亮。

「晴明啊，真是不可思議……」源博雅開口。

「什麼東西不可思議？」晴明低聲回問。

「櫻花呀。」博雅陶醉般地說，再仰頭望著櫻花。

這是晴明宅邸的庭院，庭中有株高大的櫻花古木。

還未長高的嫩綠春草剛從土裡伸出臉，四處探頭。晴明與博雅在櫻花古木下，鋪著毛氈坐在這些春草上。

毛氈是深藍底色，上面有精美花草紋飾，是自遠方大唐傳來的物品。

兩人之間——靠近櫻花古木樹幹的地方——豎立著燈燭臺，臺上點著燈火。另有一盛著酒的酒瓶。

酒杯有兩只。晴明右手握著一只，博雅左手握著一只。其他，什麼都沒有。

只有堆積在地面的櫻花花瓣。

藍色花草毛氈上、博雅身上、晴明的白色狩衣上，都堆滿櫻花花瓣。

博雅手中的酒杯內，也漂浮著兩片花瓣。

而且，櫻花花瓣仍無聲無息而恬然地飄落在兩人身上。

櫻花的白色花瓣覆罩在兩人身上及四周，有如鋪上一層厚厚積雪。

「櫻花？」晴明問。

「櫻花花瓣已經飄落許久，可是，我們頭上的櫻花卻好像絲毫都沒減少……」

「是嗎？」晴明淡漠地回答。

「跟你一模一樣……」

「我？」

「是呀……」博雅將手中的酒杯送到脣邊，連花瓣一起喝下。「我是說，人的才能……安倍晴明這男人的才能，和櫻花一樣。」

「什麼意思？」

「即使什麼都不做，你的才能也會自然而然地滿溢出來。」

「……」

「而且，無論如何流溢，才能看似毫不減少。」

「是嗎？」

「就好像你內部有株高大櫻樹，展開樹枝，永無止境開著櫻花，而花瓣也永無止境飄落一樣。」

持續開花，持續飄落，但晴明內部那株櫻花卻始終維持盛開的狀態。

愈是散發才能，晴明內部的櫻花便看似愈開愈多……

博雅想以簡短的比喻表達的，正是這個意思。

「博雅，世上沒有永遠不凋謝的花。」晴明將酒杯送到紅脣邊，恬靜地含了一口酒。「花之所以爲花，正因爲會凋謝。」

「不過，我總覺得，在你這樹枝上，花瓣不可能會全部飄落……」博雅不勝感喟地說。

晴明嘴邊浮出了儘量不讓博雅受窘的微笑。他似乎在享受緩慢透過狩衣

滲入身體的冷冽夜氣。

「話說回來，博雅，你今晚是不是有事找我商量？」

「喔，晴明，你不說我差點忘了……」博雅擱下酒杯，「你應該知道藤原爲輔吧？」

「知道，他去年當上參議①了。」

「沒錯。」

藤原爲輔是前右大臣藤原定方的孫子，左兵衛督②朝賴的兒子。歷任藏人③、朱雀院判官代④、尾張守⑤、山城守⑥、右大弁⑦等官職，天延三年（西元九七五年）當上參議。

年齡與晴明、博雅相近。

「據說，有人每天夜晚都去拜訪爲輔大人。」

博雅開始講述來龍去脈。

二

深夜——

①官位順序為，太政大臣—左、右大臣—大納言—中納言—參議。相當於宰相之高位。

②官位從四品下，掌管守衛、扈從人員，通常由中納言、參議兼任。

③掌管皇室的機密文件，傳達詔書，並管理宮中事務、例行公事、天皇的日常生活等。

④糾正、彈劾官吏，並負責草擬文書、管理檔案、稽察等工作。

⑤尾張國守護。守護不一定只掌管一國，有時是同時掌管數國，相當於現代的愛知縣縣長。

⑥山城國守護。京都府中部與南部。

⑦掌管兵部（軍事）、刑部（司法）、大藏（經濟）、宮內四省，負責所有總務與各省間的聯絡事項。

爲輔在被褥內熟睡，耳邊傳來呼喚聲。

「喂……」是男人的聲音。「喂，爲輔大人，您醒醒吧。」

爲輔醒來後，發現枕邊昏暗處站著一位身穿破爛白色公卿便服的老人。

老人白髮、白鬚，皺紋多得像是有人拿一把稻草貼在他臉上。白髮更是雜亂無章，有如隨風飄搖的蓬草。

「如果您醒來了，就快快起身吧。」

是誰？爲輔撐起上半身，還未開口問來人是誰，右手已經給人握住。

「來，站起來。」

奇怪的是，爲輔完全無法抵抗。

爲輔聞言聽從，站起身後，由老人牽著手邁開腳步。

「好，我們走吧。」

爲輔感覺這老人似乎曾經在哪兒見過，卻又似初次相遇。

老人只有一眼能視物，左眼瞎了。

來到窄廊，沒穿鞋便直接下了庭院。走到大門外，繼續往前走。

爲輔只知道老人似乎正帶他往西前進，但不知道到底要去哪裡。

起初，赤腳踏在泥地上時，爲輔感到腳底很冰冷，走著走著，便失去感

覺了。腳底下好像踩著雲朵，輕飄飄的，毫無感覺。

也不知道究竟走了多久。走了一陣子，只見前方出現朦朧紅光。

「喔，總算快到了。」老人說。

這時，為輔突然心生恐懼。

他很想甩開握住自己右手的老人左手，「哇」地大叫一聲逃之夭夭，卻辦不到。老人握著為輔右手的力量不大，很柔軟，然而一旦為輔想甩開，那力量便會自然而然增大。

「你沒在想些什麼鬼主意吧……」老人陰險地一笑，口中露出青舌。舌尖裂為兩片。

為輔益發恐懼。但他覺得老人似乎能夠看透自己的內心。若是想逃走，萬一失敗，不知老人會對自己做出什麼事。於是，他只能乖乖讓老人牽著手。

紅光逐漸逼近眼前。

「到了。」

來到紅光旁，為輔才發現那是兩根立在地面上的鐵柱，不但燒得火紅，而且有一人環抱那麼粗。

「爲輔，上去抱住鐵柱。」老人說。

「抱這個？」爲輔聲音顫抖。

那鐵柱火紅得眼看就要熔化。假若眞的抱上去，恐怕不但皮膚燒焦，連肉也會滋滋作響地烤熟吧。

而且，爲輔又發現自己全身赤裸，一絲不掛。到底是一開始便沒穿衣服，還是起初穿著衣服，途中被脫掉了？再怎麼回想，爲輔還是記不起來。

「快，去抱住！」老人厲聲說。

雖然老人厲聲催促，但鐵柱燒得紅冬冬的，根本無法挨近。

爲輔左右爲難，呆立在原地。突然，有人從背後推了他一把。

爲輔摔跟頭般地往前跨出一步，結果從正面抱住了鐵柱。燙！

爲輔大叫出來，想跳開，身體卻黏在火燙的鐵柱上，離不開。腹部、胸部、雙腿內側、環抱鐵柱的手臂、貼在鐵柱的右頰。全都離不開，全身都在燒烤。

爲輔發出悲鳴。爲什麼自己得遭受這種苦頭？

他淚如泉湧，邊哭邊抱住鐵柱，知道自己的血肉都在沸騰。咕嚕咕嚕地

沸騰。

過一陣子，老人才將他拉開。所有與鐵柱接觸的皮膚皆整塊剝落。

「今晚就這樣吧。」老人說，「明天我再去接你。」

明天？

「明天晚上，是另一根鐵柱。」

如此，老人再度牽著爲輔的手，送他回家。

三

「聽說，這事持續了三夜。」博雅道。

「三夜？」

「最初，爲輔大人也以爲是做了噩夢。」

早晨，家人聽聞爲輔在被褥內呻吟，叫醒了爲輔。

「燙呀……」

「燙呀……」

據家人說，爲輔在被褥內如此痛苦呻吟著。

醒來一看，臉頰和腹部的確火辣辣地發疼，但皮膚和肉沒有烤焦的樣子。

難道是一場噩夢？

「結果，第二天晚上又做了同樣的夢……」

深夜，爲輔在被褥中熟睡時，耳邊又傳來呼喚。

「喂，爲輔大人……」

醒來一看，昨晚那老人又站在枕邊。

「來，出發吧。」

老人牽著爲輔的手，再度帶爲輔到那燒得火紅的鐵柱旁。這回，爲輔被迫抱住第二根鐵柱。

翌晨，依然是家人叫醒在被褥內痛苦呻吟的爲輔。

第三天晚上，老人又出現了。這回抱的是最初那根鐵柱。

爲輔受不了，跑來找博雅商談，問爲什麼會每晚做相同的噩夢。

「博雅大人，你能不能幫我問一下晴明大人？」

這是今天傍晚的事。

「總之，晴明，事情就是這樣。」博雅說。

「唔……」晴明抱著胳膊，說：「那麼，明天中午過後，我們一起到爲輔大人宅邸看看吧。」

「你肯跑一趟？」

「嗯。」

「走。」

「走。」

事情就這樣決定了。

四

藤原爲輔讓眾隨從迴避，獨自與晴明、博雅相對而坐。

「首先，便是發生了這種事，晴明大人……」爲輔將博雅昨晚告訴晴明的話，又複述了一遍。

「昨晚呢？」晴明問。

「晴明大人，說老實話，昨晚也發生了同樣的事。」

也就是說，連續四晚都發生同樣的事。

「這是不是有人用魘魅或蠱毒妖術，向我下了咒？」爲輔邊說，邊用溼毛巾貼在臉頰。

仔細一看，原來爲輔的臉頰又紅又腫。

「您的臉頰怎麼回事？」晴明問。

「說明之前，你們能不能先看看這個？」爲輔站起身，「恕我失禮了。」

語畢，爲輔掀開衣服前襟，讓身體正面的肌膚裸露在晴明與博雅面前。

「喔！」

「喔！」

博雅與晴明不約而同低聲叫了出來。

爲輔的胸部到腹部全燙傷了，肌膚又紅又爛，到處都有水泡。有些水泡破了，更流出膿血。

「其實，我現在相當難受，只是聽聞晴明大人肯光臨，才勉強振作精神等候。」爲輔闔上前襟，再度坐下。「晴明大人，我實際上沒受到任何燒傷，身體也會變成這樣嗎？」

「會。咒具有這種力量……」晴明頷首說。

接著，晴明拋擲了一個紅色小東西給博雅。

「接住！博雅……」

博雅莫名其妙，但仍伸出手想接住那東西。

「那是烤熱的石頭。」晴明迅速接著說。

博雅雙手接住晴明拋過來的東西那瞬間，大聲叫了一聲「燙」，便又將那東西拋擲出去。

那東西在地板上滾動，滾到爲輔膝前停了下來。

定睛一看，原來那根本不是烤熱的石頭，只是一塊顏色接近紅色的小石頭而已。

「博雅，怎樣？你剛剛感覺很燙吧？」

「唔，嗯。」博雅點頭。

「這也是一種咒。」晴明說。

「原來如此。只要讓對方誤以爲燙手，即便石頭不燙，對方也會感覺很燙。」

「是的。」

「總之，問題在於人心？」

「正是如此。」晴明再次頷首。

博雅在一旁心懷不滿地噘著嘴。

五

夜，靜謐地更加深沉。

博雅依然噘著嘴，向晴明抱怨。

「喂，晴明，剛剛那個，你眞的太不夠朋友了。」

雖然聲音小得像喃喃自語，但明顯摻雜著內心的不滿。

「爲了那塊石頭，害我在爲輔大人面前出盡洋相。」

「抱歉，博雅。」晴明說。

「你可以向我道歉，可是不要邊笑邊道歉好不好？」

「我在笑嗎？」

「是啊。」

誠如博雅所說，晴明脣角的確含著若有似無的微笑。

「沒那回事。」

「有那回事。」博雅又噘起嘴。

兩人身在藤原爲輔宅邸的大門外。大門附近有株高大松樹，晴明和博雅正躲在松樹後。

「等一下再說，博雅。」晴明伸手掩住博雅嘴巴。

博雅正想開口說什麼，晴明又噓一聲制止了博雅。

「來了。」晴明微動著嘴脣示意。

然而，博雅眼中卻什麼也看不到。只瞧見懸掛在上空的月亮，在地上映照出松樹的黑影。

不久，耳邊傳來嘎咿聲，大門開了。

博雅的嘴巴仍被掩住，只能睜大雙眼注視大門動靜。

晴明收回手時，博雅才開口。

「喂，晴明，我沒看到任何人通過，可是，大門竟自動開了。」

「正是剛剛通過了。」

「什麼通過？」

「威嚇爲輔大人的東西。」

「眞的？」

「我在這裡布下了結界，不過，一等對方出來，我們要開始跟蹤。」

「跟蹤？」

「到時候，會離開這個結界。」

「唔，唔。」

「博雅，你將這個放進懷中。」晴明從懷中取出一樣東西。

是個木頭牌子，握在手中，僅比手掌略大。藉著月光，只見牌子上寫著文字。

「這上面寫了什麼，我完全看不懂。」

「這是不讓百鬼夜行看見你的東西……」

「喔，喔。」

「你聽好，博雅，等一下開始跟蹤對方時，你千萬不能出聲。想和我說話時，用氣聲講，懂了嗎？」

「懂、懂了。」

博雅剛點頭，晴明又說：「來了。」

不久，從大門果然走出兩個人。其中之一是老人，身上一件破破爛爛，類似白色公卿便服；白髮、白鬚。另一人，正是讓老人牽著手的藤原爲輔。

爲輔全身一絲不掛，身體正面的燙傷比白天看到時更嚴重，連肉都烤得

變成白色了。他坦露著鬆弛又往前突出、燒烤得潰爛的腹部，被老人牽著手繼續前進。

「好，走吧。」晴明邁出腳步。

「嗯。」博雅跟在晴明身後。

六

老人和爲輔往西前進。兩人已走到城外。看上去像是緩步徐行，但實際上的速度卻比一般人快很多。

博雅幾乎是小跑步才跟得上。

方才橋下的河川是天神川。四周已不見人家。

一行人走在田間小路，偶爾會左轉或右轉，不過，大致是往西。

走了一陣子，前方出現朦朧紅光。

挨近一看，果然如爲輔所說，是兩根燒得通紅的鐵柱。

老人鬆開牽著爲輔的手，說：「去，去抱住那柱子。」

爲輔泫然欲泣地望著老人。

「快去抱住，不然終生我都會夜夜去找你。」老人說。

爲輔拒絕般地左右搖頭。

「去呀！」

老人用力在爲輔背部推了一把。爲輔蹬空了幾步，險些撲倒，爲了避免撲倒，便抱住鐵柱。

「燙呀！」

「燙呀！」

爲輔大叫，身體四處開始冒煙。

不久，爲輔「哇」地慘叫一聲，全身開始燃燒。一陣巨大火焰熊熊燒了起來。被火焰包圍的爲輔，緩緩浮到半空。

仔細一看，原來那不是爲輔，而是剪成人型的紙。燒成碎片的紙逐漸飄向上空。

「混蛋！」老人大叫，咬牙切齒。「有人矇騙了我！」

老人睨視四周，又喊道：「那爲輔沒這麼大的能耐做出這種事。一定是哪個和尚做的好事，不然便是陰陽師……」

「猜出來了？」晴明若無其事地應聲。

老人回過頭來。

「你也眞是造孽呀。」晴明向老人走去。

「喂，喂，晴明……」博雅竊竊呼喚，手握住腰上的長刀，守護般地站到晴明身邊。

「可以出聲了，博雅。」

「喔。」博雅鬆了一口氣，吐出呼氣。

老人以隻眼睨視兩人說：「原來是你們破壞了我的好事……」口中露出裂成兩片的青黑色舌尖。「下回換我到你們家去，接你們來抱這鐵柱吧。」

博雅聽畢，內心發毛地縮了一下肩，說：「隨、隨時恭候！」

「不行，博雅！」晴明喊道。

「這可是你說的……」老人滿臉奸笑，「你回應了我的話，正是你的不幸。明天晚上，我就去接你。」

老人舞動著裂成兩片的舌尖，瞬間，便消失了蹤影。

待博雅回過神來，才發現四周是春季原野，兩人頭上有株高大櫻樹，向四方伸展的枝頭上開滿了櫻花。

月光中，枝頭上的櫻花不斷飄落。

晴明與博雅正佇立在櫻花下。

老人與鐵柱都消失了。

「我是不是說了不該說的話？」博雅問。

「說了。」

「是嗎？」

「這下好了，那傢伙會到你家去接你。」

「眞的？」

「博雅，因爲你放話給對方了。」

「放話？」

「你中咒了。既然如此，不趕時間不行。今晚必須把事情全部解決……」

「要怎麼辦？」

「回去。」

「回去？」

「回藤原爲輔大人宅邸。」

七

「這麼說來，五天前，您曾出遊到天神川對岸？」晴明問。

藤原爲輔點頭承認。

大家在昏暗房間內，房內只點著一盞燈火。爲輔讓隨從都避開了，因而房內只有安倍晴明、源博雅、藤原爲輔三人。

板窗已關上，照射在庭院的月光也無法反射進房間。

房內只有小小燈火的亮光。

「聽說天神川對岸的嵯峨方向再過去一點，有株盛開的櫻樹，所以我去賞花。」

牛車三輛、幾名隨從。大家準備了美酒以及能塡飽肚子的佳餚，中午前自宅邸出發。

眾人在櫻花樹下鋪了草蓆與毛氈，讓樂師彈琴或吹笛，賞花消磨時間。然後，天氣冷了下來。

這天，天空的雲特別多，太陽時常被雲遮住而陰暗下來。下午，又吹起風來，肌膚表面接觸的氣溫降低，令人感覺寒冷。

雖然帶來了足夠煮開水的柴薪，卻不夠生火取暖。

湊巧，來了一個賣柴薪的小販。他將窄袖便服的袖口用帶子斜繫起來，衣襟也撩起來，頭上戴著草笠。

據小販說，在嵯峨山中撿拾了柴薪，正打算帶到城內去賣。

「那就全部買下算了。」爲輔買下小販帶來的所有柴薪。

之後，眾人在櫻花下生火，邊喝酒邊取暖。

不久，來了一個奇妙老人。老人身上的衣服看似白色公卿便服，卻破爛不堪，到處都是裂痕。

「能不能賞我一杯酒？」老人問。

眾人抬臉看那老人，只見老人雙頰痙攣得直抽動，喉嚨也像是正在大口咕嚕咕嚕喝酒似地上下蠕動。

大家雖然帶了酒來，但不是很多。

「拜託吧，一杯……」連聲音都好像抽筋般顫抖不已。老人不但衣著骯髒，臉上肌膚觸目所及皆是汙垢，身上甚至傳來一陣臭味。

「不給。」爲輔拒絕。

「別這樣講，拜託，一杯就好……」

老人糾纏不休，遭人拒絕依然不肯離去。
一個正在撥火的隨從，從篝火中取出一塊通紅炭火，拋向老人。炭火飛入老人懷中。
「燙！」
老人大叫一聲，在地面打滾，好不容易才將炭火滾出來，離去。
眾人繼續喝酒。過一會兒，只見毛氈上有一條蛇在蛇行，不知是篝火的溫度使其恢復精力，還是從某洞穴爬出來的。
那蛇匍匐爬到擱在毛氈上的酒杯旁，伸出舌頭正想吸吮酒杯內的酒。
爲輔嚇了一跳，就用手中燒得通紅的火箸刺向蛇頭。火箸刺進蛇的左眼。
「哇！」
爲輔大叫一聲，拋出手中的火箸與蛇，結果兩者都掉落在附近草叢中。
櫻花的確極爲壯觀，但連續發生老人與蛇的事件，爲輔興致大失，便提早步上歸途。
「仔細回想起來，正是那天夜晚，那老人開始出現在枕邊。」爲輔說。
「那個要求賞酒的老人，和出現在枕邊的老人，是同一人？」

「您說得沒錯，晴明大人。可是，爲什麼至今我始終沒察覺到這點呢？」

「大概對方向你下了咒，不讓你察覺吧。」

「那，爲什麼現在我可以察覺呢？」

「因爲對方暫時將攻擊目標換爲別人了。」

「別人？」

「正是這兒的源博雅。」

「什麼？」爲輔望向博雅。

「我也莫名其妙，不過，事情好像變成這樣了。」博雅說。

「您不要緊嗎？」爲輔問。

「爲了這事，我想請求爲輔大人一件事。」晴明說。

「什麼事？」

「能不能給我們兩瓶酒？」

「酒？爲什麼？」

「我要和博雅一起喝酒。」晴明回道。

八

櫻花紛紛揚揚飄落。

兩人悠哉悠哉地喝酒。

櫻花樹下鋪著毛氈，毛氈上有一盞燈火。

博雅與晴明在月光下喝酒。

櫻花紛紛揚揚飄落，微風徐徐。

櫻花盛開時期已過，風一吹，樹枝便飄落無數花瓣。宛如身在飄雪中。

「這樣就可以嗎？晴明。」博雅問。

「可以。」晴明回道。

「光是喝酒就行？」

「嗯。」

「什麼都不做？」

「不是正在喝酒嗎？」

晴明在博雅的空酒杯中斟酒，博雅接受斟酒後，將酒杯送到脣邊。

「博雅，你帶笛子來了？」

「葉二的話，都隨身帶著。」

葉二，是朱雀門的鬼魂送給博雅的笛子。

「你吹一曲來聽聽吧。」

「喔。」

博雅擱下酒杯，從懷中取出笛子，將笛子貼在脣邊，開始吹起。和諧悅耳的笛聲自博雅口中滑溜出來。

笛聲有如一條青龍，在紛紛揚揚飄落的花瓣中緩緩上升。笛聲攫住月光往四方流動，再融於夜氣中。

吹了一陣子，博雅陶醉在自己的笛聲中，閉上雙眼。

「來了……」晴明竊竊私語。

博雅睜開眼睛，發現不知何時，毛氈上燈火另一方，有個白髮老人佇立在月光下。

「繼續吹。」晴明說。

老人似乎在傾耳聆聽笛聲，瞇著眼睛望向兩人。

「是剛剛那兩人……」老人喃喃自語。

老人往前走了數步，來到晴明面前，問道：「你們來幹什麼？」

「來喝酒。」晴明回應。

「酒？」

「要不要一起喝？」

老人聽畢，喉嚨發出咕嚕一聲，伸出裂成兩片的舌尖，舔了一下自己的嘴脣。

「怎麼樣？」

晴明再度催促，老人便又挨近幾步，坐在毛氈上。

花瓣紛紛揚揚飄落。

博雅的笛聲，在夜色中與花瓣婆娑起舞，與月光卿卿我我。

「來吧……」晴明在自己酒杯中倒滿了酒，遞給老人。

「眞的可以喝？」

「正是想請你喝。」晴明說。

「唔，嗯。」老人的舌尖又伸了出來。

老人雙手顫巍巍接過酒杯，捧到鼻尖，聞了酒味。

「喔，這香味眞甘美……」

老人閉上雙眼，將酒杯送到脣邊，啜飲杯中酒。接著，心醉魂迷地飲盡。

「眞是極樂……」老人低語道，擱下酒杯，「呼」地吐出一口大氣。睜開雙眼後，望著晴明，說：「從什麼地方講起比較好呢？」聲音已不再顫抖了。

「都可以。」晴明回道。

「反正是酒的回禮，我就全部說出來吧。」

老人閉上雙眼，在紛紛飄落的花瓣中開始講述。

「我姓史……」

「那你先祖是大唐人……」

「正是。」老人喃喃自語，「是漢氏的族人。」

秦氏與漢氏是古代歸化倭國的兩大移民族群。若說秦氏一族多爲技工，那麼漢氏則以文筆能力奉事朝廷。

五世紀，朝廷賜予漢氏族群「史」姓，並設立朝廷直屬豪族「史部」，而逐漸發展。

「往昔，我們史部也如這株櫻花一般，盛極一時。現在卻衰退了，血緣也混雜了。今日是藤原一族的時代，我們史部的往昔榮華已不在了。」

老人睜開原本緊閉的右眼。

「年輕時，我便很喜歡喝酒。三十歲前，爲了酒席上的爭議而殺了人，從此成爲江湖郎中，自居道士四十五年。最後，一百二十年前死在這株櫻花樹下……」

老人呢喃細語，再度閉上眼睛。

櫻花花瓣飄落在他眼皮、白髮上。

「五天前晚上，我聞到久違一百二十年的酒香。實在忍無可忍，想乞討一杯酒……」

「所以才現身？」

「是的。」

「結果，不但沒喝到酒，反而讓火箸刺瞎了眼……」

「是的。」

「那條被火箸刺瞎眼的蛇呢？」

「我的骷髏在那櫻花樹根附近的草叢中。大約六十年前，那條蛇以我的骷髏爲窩，住了下來。如果我的渴念棲息在那條蛇上，那我們算是同心一體……」語畢，老人脣間咻地伸出舌尖裂成兩片的長舌，舔著殘存於毛氈上酒杯杯底的酒。

「做夢也沒想到，我竟能在這櫻花樹下喝這美酒，聽到這麼優美的笛聲……」老人哽咽，眼睛流下一串接一串的淚珠。

「這下可以瞑目了……」低聲留下一句話，老人便突然消失。

九

晴明與博雅提著燈火來到老人所說的草叢旁，果然發現了一個骷髏，骷髏內有一條瞎了一隻眼的赤鏈蛇死屍。

骷髏一旁地面，插著兩根火箸。

晴明打開第二瓶酒，將瓶中的酒灑在骷髏上。骷髏看似微微泛起了一層紅暈。

牽手鬼

一

中午開始便在喝酒。

地點是安倍晴明宅邸的窄廊。源博雅坐在板條窄廊上，右手持盛滿的琉璃酒杯，與晴明相對而坐。

晴明細長右手指端的，也是琉璃酒杯。

是異國酒杯，來自胡國。

雨季於十天前結束，季節已進入夏天。

文月①初。烈日照射在庭院。熱。即便文風不動，博雅背部也滲出了汗水。

庭院茂密的夏草，已草長及腰。

雖然桔梗、敗漿草都開花了，仍舊抵不過夏草的強勢。院景有如將整塊山野原封不動地搬進來。

每當風吹動夏草，悶人的青草熱氣便會傳過來。

太陽已從中天略微西傾，只是，離太陽完全落到山頭還有一段時間。

晴明穿著寬鬆白色狩衣。背倚柱子，支著右膝，端著酒杯的右手肘則擱

①陰曆七月。

在膝上。額頭和頸項均不見任何一滴汗珠。
晴明那細長手指所端的琉璃酒杯，透明綠色令人感覺涼快。
兩人之間的窄廊上，擱著一瓶酒瓶。另外是一個盤子，盛著撒上鹽巴的烤香魚。
兩人以香魚爲下酒菜，正在喝酒。
「晴明啊，你不熱嗎？」博雅問。
「熱呀。」晴明移開紅唇邊的酒杯，「那還用講。」
「可是，你看上去一點也不熱……」
「不管看起來熱或不熱，熱還是熱啦。」晴明不干己事地說。
「眞羨慕你能維持不熱的樣子。」博雅語畢，抓起香魚送進口中。
「這香魚眞肥。」博雅咬著從魚骨整片脫落的香魚肉。
「這是鴨川的香魚。」
「喔。」
「是鸕鶿匠賀茂忠輔剛剛送過來的香魚。」
「是黑川主那時的賀茂忠輔？」
「對，正是那個千手忠輔。」

「可是，忠輔爲何沒事送香魚來？」

「那事件以來，每到香魚季節，他都會送香魚過來。不過，這回另有事要我幫忙。」

「什麼事？」

「只有我能解決的事。」

「難道忠輔那邊又發生了什麼妖異的事？」

「妖異是妖異，但不是忠輔出事。」

「那是誰出了事？」

「忠輔的友人，一個叫猿重的砍竹人。」

「砍竹人？」

「到山上去砍竹或收集蔓藤，編成竹籠或畚箕賣。聽說本名是重輔，由於身手敏捷，能夠輕而易舉爬到樹上收集蔓藤，所以不知何時開始，人家就給他取個猿重的綽號。他也很中意這個綽號，之後就以此自稱。這是忠輔告訴我的。」

「那，妖異之事爲何？」

「聽忠輔說，事情是這樣的……」

晴明開始講述起來。

二

猿重住在法成寺附近、鴨川河畔。

他在河水不會氾濫淹沒的河堤上搭了一間茅屋，與妻子同住。

平日砍竹、收集蔓藤編成各種工具，再拿到京城去賣，勉強可以維生。也時常將裝魚或鸕鶿的籠子送到賀茂忠輔家。

妖異之事初次發生，是在六天前夜晚。

那天，夫妻倆到大津辦事，回來後當夜便發生妖異之事。

歸途中，猿重爲了一件小事，曾和妻子吵嘴。

到大津的目的是去賣捕魚籠子。是猿重設計的。

他用竹子編成圓筒狀的籠子，籠子中央編成細細的腰部，入口處則放寬。然後，再編另一個小竹筒。小竹筒不是籠子，是上下都有開口、名符其實的圓筒。只是，這圓筒一端開口比較大，另一端開口比較小，成漏斗狀。

這圓筒是用來嵌入上述的籠子。將小圓筒的小開口往裡嵌，大開口朝外。大開口的寬度與籠子腰部寬度一樣，可以嵌得嚴嚴實實。

小圓筒放些蚯蚓或死魚之類的魚餌，再將整個籠子沉在河川或水池。沉一晚，第二天撈起籠子時，籠子內便會有許多鯽魚、鯉魚、鰻魚與其他雜魚或螃蟹。

雖然也有人利用類似的籠子捕魚，不過，猿重設計的籠子比較方便。

住在大津琵琶湖的漁夫聽聞籠子的好評，特地向猿重訂貨。

這籠子本來是猿重自己爲了想在鴨川捕魚糊口而設計的，並且實際用籠子在鴨川捕魚。忠輔覺得好玩，自己也使用猿重的籠子捕魚，風聲便傳開了。

「這籠子實在很方便。」

大津的漁夫聽忠輔如此褒獎猿重籠，便爭先恐後向猿重下訂單。

這天，夫妻倆正是去交貨。

歸途中的夫妻吵嘴，是妻子先開火。

「你爲什麼教他們？」妻子問。

原來猿重不僅賣了籠子，他還把自己獨特設計的籠子編織法，通通告訴了大津漁夫。妻子埋怨的正是這點。

「話雖這麼說，但那玩意兒不是想隱瞞就隱瞞得了的。手巧一點的人，只要觀察我的籠子，想編多少都編得出來。」

「可是，你也沒必要教他們編織方法呀。」

「別這樣講，他們不是很高興嗎？而且又出高價買了我的籠子。」

「可是……」

結果，到了鴨川橋上，夫妻倆還在吵嘴。當天夜晚，兩人分開睡了。

正是這晚，有人造訪猿重的茅屋。

猿重在熟睡中，突然聽到有人呼喚。聲音來自茅屋外。

「請問……」

「有人在嗎……」

猿重在黑暗中睜開雙眼，只見細長月光從茅屋入口的草蓆門縫隙鑽進來，照射在屋內。

「請問，猿重大人……」聲音從草蓆門外傳進。

似乎有人站在門前呼喚猿重。

猿重揉著眼睛起身。看似半睡半醒，腦筋迷迷糊糊。

「快沖走了。」聲音說。是男人的聲音。

「再這樣下去，就會被沖走了。」是猿重沒聽過的聲音。

猿重掀開草蓆門，看見月光下站著一個男人。男人穿著碎花連襠褲。

「快，快，猿重大人……」

猿重站在入口，左手給男人伸出右手握住。

「快沖走了，快沖走了。」

男人牽著猿重的手，邁出腳步。

到底什麼東西快沖走了？這和自己又有什麼關連？

猿重很想問對方，但不知爲何，竟無法開口。喉嚨似乎有東西哽著，好像有泥巴或小石子噎住喉嚨似的。

「快沖走了。快沖走了。」

男人牽著猿重的手，心急地趕路。

沿著鴨川走在河堤上，一直往下游方向前進。

兩人走在月光下。黑暗深處，傳來潺潺河水聲。

不久，眼前出現了橋。正是白天猿重通過的那座架在鴨川上的橋。

住在這附近的人通稱這座橋爲「碎花橋」。

「快，到這邊來……」

男人牽著猿重的手，在月光下過橋。猿重跟在男人身後。

「快沖走了。快沖走了。」男人口中喃喃自語。

走到橋中央，男人突然轉彎。

左轉——男人牽著猿重的手，走向上游方向的欄杆。

「快，就是這裡。」

男人越過欄杆，跳進橋下的河川，手仍然牽著猿重。

一陣很強的力量拉著猿重的手。就在猿重感到將要掉進河川時，耳邊傳來尖銳叫聲。

「良人！」是女人的聲音，「危險！」

然後，有人拉住猿重。猿重回過神來，才發現那女人正是自己的妻子，而自己則在欄杆探出上半身，連腹部都探出去，正從橋上俯望黑漆漆的河面。再差一點便會掉進河裡。

「你打算自殺嗎？」妻子問。

猿重額頭上布滿汗珠。

「不，不是，我根本不打算自殺。剛剛有人來家裡，是那人牽著我的手來到這裡。」猿重說完，嚇得面無血色。

「你在說什麼呀？你始終都是單獨一人呀。到底是誰牽著你的手？」

「可是，直到剛剛，我身邊不是一直有個男人……」

「沒有，沒有任何人。」妻子說。

根據妻子的說明，事情是如此的。

本來在被褥中熟睡的妻子，聽到丈夫在另一端窸窸窣窣準備起身的聲音，自己也醒過來。

「良人……」

妻子叫喚丈夫，但丈夫完全沒聽到。

不久，丈夫掀開入口的草蓆門，走出去了。

妻子起初以爲丈夫移情別戀，要到情人家幽會，才會於深夜出門。妻子便決定跟蹤丈夫。

跟在丈夫身後，妻子發現丈夫獨自走在河堤，一直往下游方向前進，來到白天從大津歸來時通過的橋頭。

丈夫過了橋。走到橋中央附近，丈夫突然轉向，打算越過橋邊的欄杆。

丈夫不可能爲了白天的夫妻吵嘴而打算自殺，可是，若越過欄杆掉進河裡，肯定會喪生。

於是，妻子才開口大聲叫喚丈夫，而丈夫也才回過神來。

聽畢妻子的描述，丈夫毛骨悚然。

第二天，怪事又發生了。

夜晚，猿重睡著時，發現妻子起床。本以爲妻子是起來如廁，看她的樣子又感覺有點不對勁。

廁所在茅屋外，若是如廁，直接走出去便可以了，可是妻子卻站在草蓆門前，看似回應某人般地頷首說：「是……」

到此爲止，猿重依然半睡半醒，神智尚未清醒。直到妻子走出草蓆門外，才猛然想起一件事。

他想起的正是自己昨晚的遭遇。

猿重趕忙從被褥起身，追趕妻子。然而，門外卻不見妻子蹤影。

原來妻子在河堤上朝另一端前進，離茅屋已有一段距離。

在月光下定睛一看，河堤上只有妻子一人。妻子的左手往前伸，看似讓人牽著手，頭也不回地往前走。

明明是用走的，速度卻快得如同小跑步。

猿重暗忖，難道是……昨晚自己遭遇的事，今晚發生在妻子身上？

昨晚，自己明明聽到男人的聲音，看到男人的身影，可是，妻子卻說沒聽到任何聲音，也沒看到任何人。跟自己目前所見完全一樣。

或許，妻子現在正聽著某人的聲音、看著某人的身影。而且，也能確實感到某人正用力牽著自己的手吧。

猿重想追趕妻子，卻兩腿發軟。如果自己一無所知，大概會不假思索追趕上去，呼喚妻子。可是，自己已於昨晚聽過妻子的說明。

但妻子的模樣又顯然不正常。

難道，現在牽著妻子的那隻手，是昨晚牽著自己、想拖自己跳河的那隻手？

想到或許有某種妖物或厲鬼正附在妻子身上，追趕妻子的腳步便不由自主緩慢下來。

就在躊躇不決時，妻子的身影愈來愈遠。

總不能就這樣掉頭不顧，猿重只好再度提起精神，繼續追趕妻子。

妻子的腳步非常快。

好不容易才將追上，妻子正在過那座橋。

猿重加快腳步。

猿重雙腳踏上橋面時，妻子已身在橋中央，正要越過欄杆。

「等等！」猿重大叫，呼喚妻子的名字，奔馳起來。

聽到猿重的叫聲而瞬間回神的妻子，上半身已越過橋上的欄杆。

飛奔過去的猿重從背後抱住妻子。

被抱回來的妻子，發現救回自己的正是丈夫，當下就摟住丈夫。

妻子全身打著哆嗦。她似乎理解自己到底發生什麼事。

回到茅屋，聽了丈夫的說明，夫妻倆總算明白，妻子果然遭遇了昨晚猿重經歷的事。

只是，今晚呼喚妻子出門的，不是男人，而是女人。

當晚，妻子聽見有人呼喚自己，掀開草蓆門一看，眼前站著一個身穿青色窄袖服裝的女人。

「不快去的話，會被沖走。」女人說。

說畢，女人便牽著妻子的手往前走。

妻子只覺得如在夢中。

「昨晚走得太慢，所以沒趕上，今晚要走快一點。」女人說完，便趕著上路。

要是猿重沒趕得及抱住妻子，妻子大概會與前夜的猿重一樣，險些就掉進河裡而喪生。

翌日——

夜晚，猿重和妻子都不睡。腳邊擱著砍竹子的柴刀，地爐內燒著火柴，夫妻倆一直交談，以免睡意來襲。

到了深夜——

「請問……」

「請問……」

門外響起男聲與女聲。

事後兩人討論時才知道，這時猿重聽到的是男聲，而妻子聽到的則是女聲。

「出來吧。」

「出來吧。」

門外傳來男女呼喚聲。

「不快點的話，會被沖走。」

「會被沖走。」

「快，快來開門。」

「開門呀。」

「打開這兒吧。」

「打開這兒呀。」

猿重與妻子在地爐旁，彷彿要制止對方的顫抖般相擁。猿重緊緊咬著牙根，右手握住柴刀。牙齒上下打戰，發出咯吱聲響。

「不開門的話……」

「我們無法進去呀。」

「請開口允許我們進去。」

「請出聲呀。」

「不請我們進去的話，我們要自己尋找入口了。」

「要尋找入口了。」

門外的人如此說，也傳來對方移動的聲音。

那兩人似乎左右分開，一個往左，一個往右。類似足音的聲音，在茅屋外繞到左右兩側。不久，腳步聲停頓下來。

「這兒嗎？」

「這兒嗎？」

每當聲音響起，釘在茅屋外側的木板也會咯吱咯吱作響。

「這兒有點狹窄。」

「這木板只能支撐到四天後的夜晚。」

「會被風吹走。」

「嗯，吹走。」

「吹走的話，我們就可以進去了，可是還要等四天。」

「四天後會來不及。」

「嗯。」

「嗯。」

兩人的腳步聲再度繞回到入口。

「喂，猿重大人……」

「猿重夫人……」

「請開門呀。」

「請開門呀。」

「說一聲『請進』吧。」

「說一聲『請進』吧。」

「要不然會沖走呀。」

「要不然會沖走呀。」

兩人的抱怨聲，整整持續了一夜。

第二天夜晚、第三天夜晚也發生了同樣的事，猿重夫妻終於忍無可忍，到友人賀茂忠輔住處找他商討。

三

「所以，今天忠輔送香魚過來時，順便向我提起這件事。」晴明說。

待晴明說完，太陽也完全西傾了。夕陽斜斜照射在庭院。

上空雲朵似乎在急速飄動，雲朵影子也落在庭院。

「原來如此……」博雅點頭，再問晴明：「可是，爲什麼那兩個男女妖物，無法進入茅屋？」

「房屋四圍本身就是一種結界。對毫無因緣的東西來說，無法輕易闖入。不過，那男女如果與猿重夫妻關係不淺，便又是另一回事了。否則，只要屋內的人不說『請進』，或門窗緊閉，即便對方是妖物，也無法輕易進入屋內。」

「原來是這樣。」

「但是，若妖物的心願比現在更強烈，總有一天會闖進去吧。」

「唔。」

「根據忠輔的描述，今晚大概很危險。」

「好像說過是四天後的夜晚。」

「正是今晚。」

「喔。」

「今晚大概會發生某事。」晴明說。

「什麼事？」

「不知道。」

晴明仰頭望著天空。不知何時，天空有許多烏雲移動，自西往東飛奔。烏雲遮蔽了陽光，外面昏暗下來。風吹得庭院草叢沙沙作響。

「結果，晴明啊，你向忠輔怎麼說？」

「人家每次都送好吃的香魚來……雖然不知道能不能圓滿解決，總是要

過去一趟吧。」

「要去嗎？」

「嗯。」

「什麼時候？」

「今晚。」晴明又仰頭望著烏雲愈來愈多的天空，「博雅，你打算如何？」

「唔，唔。」

「去嗎？」

「嗯。」

「走。」

「走。」

事情就這樣決定了。

四

晴明與博雅由忠輔帶路，來到猿重的茅屋。四周已將要完全天黑，河灘上的草叢迎風左右搖曳。

時刻並非傍晚，而是天空布滿了厚重烏雲。

「看樣子，將有一陣暴風雨。」

博雅剛說完，一粒小石子般的粗大雨滴便敲打在晴明臉頰上。

忠輔向猿重介紹了晴明與博雅後，慌慌張張地回家了。

大吃一驚的是猿重。

光是晴明肯親自光臨茅屋，就讓猿重感到惶恐，卻沒想到連殿上人源博雅也跟來了。

況且，兩人沒坐牛車，都是徒步而來。

忠輔曾將「黑川主」事件告訴猿重，所以猿重當然知道晴明與博雅。只是，一旦兩人實際出現在自己眼前，眞是連話都說不出來。

晴明一進茅屋，便在地爐前坐下，從懷中取出兩個用木板製成的偶人。

他左手握著偶人，從地爐內拾起燒剩的木炭，在偶人之一寫下猿重的名字。另一偶人，則寫下妻子的名字。

「麻煩你們給我幾根頭髮。」

接過猿重夫妻的頭髮，晴明將頭髮綁在偶人身上。猿重的頭髮，綁在寫

著猿重名字的偶人身上；妻子的頭髮，則綁在寫著妻子名字的偶人身上。

「能不能再撕一小片你們的衣服布料給我？」

猿重與妻子各自撕下一小片衣服布料，晴明再幫偶人穿衣服似地纏在偶人身上。猿重撕下的碎花裙褲布，纏在猿重偶人身上；妻子的窄袖布料，則纏在妻子偶人身上。

「一切準備妥當。」晴明說。

「這樣就可以平安無事嗎？」猿重惴惴不安地問。

「應該可以。我另有打算。」

晴明說這句話時，遠方傳來一陣低沉、類似地鳴的聲音，逐漸挨近。聲音愈來愈大，然後，暴雨突然激烈地敲打起屋頂。茅屋四周的草叢也開始沙沙翻滾起來。

「是暴風雨。晴明，暴風雨終於來了。」博雅說。

「生火……」

晴明說畢，猿重馬上在地爐內添加早已搬進茅屋內的柴薪。柴薪起初冒著青煙，不久，便嗶剝嗶剝地熊熊燃燒起來。

「這種夜晚，他們會來嗎？」猿重戰戰兢兢地問。

「當然會來。」晴明信心十足地回答，「博雅，把我們帶來的酒拿出來吧。我們邊喝酒邊等那兩人來。」

五

眾人在喝酒。

晴明、博雅、猿重，以及猿重之妻，四人圍在地爐旁，就著素陶酒杯喝酒。

茅屋外，暴風雨的騷鬧聲益發增強。鴨川的潺潺流水聲已變成轟隆聲，從黑暗深處傳過來。

巨大岩石也被濁流沖走，連岩石與岩石在水中互相衝擊的砰砰聲，都能傳進茅屋。

偶爾，上空閃電飛馳，緊接著是幾乎能震動天地的雷聲轟然作響。原本藉火光依稀可見的晴明與博雅的臉，在閃電發光時，瞬間會浮托在黑暗中。

「天氣變得真糟糕。」博雅說。

「噓！」晴明輕聲道。

猿重夫妻頓時緊張起來。

「來了。」晴明說。

彷彿配合晴明的話，茅屋外傳來一陣低沉駭人的響聲。牢穩堵住的入口處草蓆外，似乎有人站著。

「請問……」

「請問……」

細弱的聲音夾在風雨聲中傳了進來。猿重夫妻倆全身縮成一團。

「晴明，有人來了。」博雅說。

「原來你也聽到了？」

「嗯。」

「大概是這天地的喧嘩，令你的心也興高采烈地一起騷動吧。」

「我沒有興高采烈。」

「只是一種比喻而已。因爲你有聽得出笛子與和琴那微妙音調的耳朵，所以你的耳朵呼應這天地的喧嘩，才聽得到門外那聲音。」

晴明如此說明，茅屋外那對男女的聲音仍接連不斷傳進來。

「猿重大人……」

「猿重夫人……」

「不快去的話，會沖走呀。」

「快沖走了。」

「快呀。」

「快呀。」

配合那聲音般，一陣烈風搖撼茅屋，接著傳來有人剝開壁板的聲音，來勢洶洶的風雨自剝開處颳進茅屋。

「喔，打開了。」

「正是前些夜晚說的那個地方。」

外面傳來兩人滿心歡喜的聲音。

「告訴他們，現在就出去。」晴明吩咐渾身顫抖的猿重夫妻。

「是、是……」猿重面無血色地點頭，「現、現、現在就出去。」聲音近乎悲鳴。

「現在就出去！」猿重的妻子尖叫起來。

「喔。」

「喔。」

「那就快快出來吧。」

「那就快快出來吧。」

晴明邊聽聲音，邊挨近博雅說：「你將這個從草蓆縫隙塞出去……」

晴明將方才準備好的兩個偶人遞給博雅。

「哦，喔……」博雅接過偶人，奔到草蓆前。

從草蓆縫隙塞出兩個偶人，博雅順便偷窺了外面一眼。

電光一閃，站在草蓆外那兩人的身影，瞬間懸浮在黑暗中。

全身承受豪雨敲擊的男與女，臉上掛著心滿意足的笑容。那表情，深深烙印在博雅眼底。

男女的身影消失了，博雅手中的兩偶人，也如同被人奪走般，同時消失。

「總算出來了。」

「總算出來了。」

草蓆外傳來兩人的聲音。

「快，快上路。」

「快，快上路。」

那聲音離茅屋已相當遠。

「博雅，開始追吧。」晴明說。

「在這種暴風雨中？」

「總得去看看他們的後果啊。」晴明沒戴斗笠也沒披蓑衣，掀開草蓆跑出去。

「等、等等……」博雅也隨後跑出去。

一到外面，受雨水敲打，當下兩人全身濕透。

「別擔心，我們還會回來一趟。」

晴明向茅屋內的猿重吩咐後，邁開腳步走在暴風雨中。身後，跟著落湯雞博雅。

漆黑夜色中，天地轟隆作響。

雨。

風。

黑暗中傳來潸潸水聲。

博雅在烏天黑地中，根本分不清風雨聲與流水聲。

「晴明！」博雅大叫。

「博雅，這邊！」晴明回應。

博雅向晴明發出聲音的方向走過去，撞到某人身體。原來是晴明。

「博雅，你抓住我的狩衣，跟在我身後。」

博雅抓住晴明的狩衣後，晴明再度邁開腳步。

按理說，兩人應該在河堤上往河川下游方向走，可是，博雅已矇頭轉向了。

「要加快速度嘍。」晴明加快腳步。

雨滴大得令人疼痛，有如身在洪水中。

「快到碎花橋了。」晴明說。

突然，晴明停住腳步。

「博雅，水流很激烈……」

博雅知道晴明說的大概是河水，但他看不見河水。

「橋就在眼前。」

「橋？」

什麼都看不見。耳邊只有轟隆作響的暴風雨聲、嘩啦啦的水流聲。

「那兩人正在過橋。」晴明將自己眼見的光景，講給博雅聽。「話又說回來，這水流實在很激烈，看樣子，橋大概會撐不住。」

「可是，最近無論發生什麼洪水，這橋都不會沖走。」博雅大喊。

「那恐怕只能到今晚爲止吧。」晴明說到這兒，低聲叫了起來：「唷，橋在搖動！」

「博雅，橋快沖走了！」

聲音還未停止，咯吱咯吱、嘎啪嘎啪地，橋的碎裂聲已傳到博雅耳裡。

這時，上空倏地亮起一道閃電。數秒鐘，閃電照亮了黑漆漆的世界。

瞬間，博雅「喔」的一聲，爲自己所見的光景而屏氣斂息。

那是異樣的光景。博雅所見，幾乎令他兩腿發軟。因爲他熟悉的鴨川已失去蹤影。

博雅熟悉的鴨川，是一道在廣闊河灘中分成幾條流水往下游潺潺流動的美麗河川。

然而，那美麗的鴨川，現在竟變成一條激揚又漆黑的大河。

水量多到幾乎淹沒左右河堤，滾滾波浪比人還高。房屋大小般的波浪，像是無數個肉瘤，正陸續沖擊橋墩。

水量甚至已增高到橋面。

經不起強大水勢，橋已傾斜，中央已折斷，往上突起。

而且，中央附近的欄杆上，只見兩個男女人影正往橋下的濁流掉落，不知是自己跳下或被風雨吹下去。

「啊！」

博雅叫出聲時，那光景已消失於黑暗中，旋即傳來岩石落下般的轟隆雷響。

橋破碎的聲音，在黑暗中陰森可怕地作響。

不久，站在風雨中的博雅逐漸聽不到那聲音了。

「晴明……」博雅呼喚。

「結束了，博雅……」晴明道。

六

「其實那個啊，博雅……」晴明坐在窄廊與博雅一起喝酒，「那座橋的名字——碎花橋，正是解開祕密的答案。」

地點是晴明宅邸。自那暴風雨夜晚以來，已過了三天。現在無風也無雨，月亮掛在夜空上。

「什麼答案？」博雅問。

「人柱。」

「人柱？」

「嗯。」晴明點頭，隨後開始講述。

往昔，鴨川上那座橋每逢夏季，只要有洪水，都會被沖走。

「這一定有原因。」

皇上命陰陽師占卜，結果陰陽師回道：「要活埋人，才能制止橋被沖走。」

陰陽師又說：「而且不是任何人，最好是穿碎花白色連襠褲的男人。」

一般說來，活埋在建築物支柱裡的犧牲者，通常是女人與小孩。

女人與小孩在陰陽五行中屬土，而五行又謂「土剋水」。土，正可以堵住水流，支配水流。

沒想到那陰陽師刻意避開女人與小孩，指定男人當人柱。

皇上立即下詔，呼籲若有民眾知曉穿碎花白色連襠褲的男人，千萬不要隱匿，必須積極通知官府。通知者可以獲得高額獎金。

但眾人深知一旦通報，那人必定死路一條，因而即便身邊有人符合上述條件，也沒人出賣自己的親朋。

可是，有個女人出面通報了。

「我良人出門時，喜歡穿碎花白色連襠褲。」

這妻子平日時常跟丈夫吵架，於是密告了丈夫，繼而企圖領取獎金。

「就算夫妻間有十個孩子，女人終究是這種動物。」男人嚎啕大哭。

「不過，向來人柱都是女人或小孩，這回光是男人恐怕不大可靠。乾脆再加入一個女人如何？」有人插嘴建議。

「若是要加女人，請加入吾妻。我們夫妻投命赴死也會守護這座橋。」男人說。

結果，男人如願以償，與妻子一起活埋在橋墩。

那以後，三十年來，無論發生任何洪水，這座橋始終穩如泰山。

「而今年終於沖走了。」博雅感喟地說。

「那兩人知道今年大概撐不住，所以在橋沖走之前，急著找替代的人。」

「所以選上猿重夫妻？」

「嗯。」

「可是，爲什麼是猿重夫妻？」

「妖異最先出現那天，猿重與妻子不是邊吵嘴、邊過了那座橋嗎？而且，那天猿重湊巧穿著碎花連襠褲。對那兩人來說，剛好是絕處逢生吧。」

「不過……」

「怎麼了？」

「化爲妖物那兩人，本來應該都不願意被活埋。可是，一旦眞的被活埋，竟還那樣忠誠老實地死守任務。」博雅嘆息地說。

七

暴風雨過後第七天，洪水終於退了。眾人到鴨川探看，只見橋已完全沖走，左右兩岸各留下一根支柱。

爲了架新橋，工人挖掘支柱，發現支柱下各有一具屍骨。其中一具，還殘留著碎花連襠褲布料，而且兩具屍骨手中都各自握著一個偶人。

晴明建議將那兩個偶人當作犧牲者替身，埋在新橋支柱下。據說，從此以後，無論發生任何洪水，那橋始終堅如磐石，撐持了四十年之久。

骷髏譚

一

清澈明月照亮了庭院。

這是秋色已近尾聲的庭院。紅葉落在即將枯萎的草叢上。

每天早晨，草叢上應該會降霜，形成像是積了一層薄雪的景色。此時，正是秋季剛要入冬的換季時期。再過十天，庭院應會轉爲冬日景色吧。

夜氣澄明，上空的冷冽空氣直接降落地面。

「秋去冬來，時間過得眞快。」源博雅有感而發地喃喃自語，「前些日子才覺得剛過完夏天，冬天竟然又快到了。」

博雅正在喝酒。在安倍晴明宅邸的板條窄廊上。

窄廊只點著一盞燈火，晴明與博雅悠然自得地在杯內斟酒，再送到脣邊。

「人或許也一樣，不管如何盛極一時，不知不覺中，肉體會衰弱，然後某天回神，發現自己已剩下屍骨，躺在原野草叢中。」

「唔。」晴明漫不經心地點頭，舉杯喝酒。

晴明似乎有心事。

「有時候，人大概也會像往昔永興禪師所見到的骷髏那般，厭棄這個塵世，想向釋迦求救吧。」博雅說。

聽了博雅這段話，晴明似乎心中一動，望向博雅。

「你知道永興禪師的故事？」

晴明身穿白色狩衣，背倚柱子。他看似對博雅的話題深感興趣，雙眸閃閃發光。

「他是南菩薩……京城還在奈良的時代，他是東大寺良弁僧正①的門人。」博雅將酒杯送到唇邊說。

永興禪師——

離晴明、博雅這時代約二百多年前，也就是女帝稱德天皇②的時代，永興禪師住在紀伊國③牟婁郡熊野村。由於位在皇城南方，通稱南菩薩。

「知道。可是，晴明，老實說來，那故事有點恐怖。」

「嗯，的確有點恐怖。」晴明點頭。

故事如下：

某天，一位僧侶來找永興禪師。那僧侶身上只帶著一部《法華經》、一個白銅水壺及打坐用的禪椅。

①良弁僧正（西元六八九～七七三年），奈良時代嚴宗僧侶，通稱金鐘行者。生前竭力於建築東大寺，並推廣華嚴宗，為東大寺第一代住持。金鐘寺是東大寺前身。

②稱德天皇（西元七一八～七七〇年），第四十六、四十八代天皇。

③今日本和歌山縣及部分三重縣。

「貧僧很想在南菩薩大人身邊修行，請大人讓我留下。」

永興禪師聽對方如此說，便留他下來。

這位僧侶的修行法是吟誦《法華經》。早晨、中午、夜晚，每天一味持續吟誦《法華經》。偶爾吃點東西，偶爾小睡片刻，其餘時間都用來唸經。

約莫過了一年，僧侶向永興禪師說：

「至今爲止，承蒙大人照顧，感恩非淺。貧僧想離開此地，越過伊勢國④到深山修行。」

說畢，向永興捐贈了自己的禪椅，離開該地。

永興贈予僧侶二斗糯米乾飯搗成的糯米粉，並派兩位信士作陪送行。

大約走了一天，僧侶向信士說：「送到這兒就可以了。」說完，將二斗糯米粉、《法華經》、托缽都送給兩位信士，讓他們回去。

僧侶自己只留下一條長約二十尋⑤的繩子、一個白銅水壺。

之後過了兩年。某天，熊野村幾個村民相偕到熊野川上游深山伐木，打算製筏後，將木材從上游放流至鄉里。

村民在深山伐木時，遠方傳來人聲。似乎有人在深山某處唸經。傾耳靜聽之下，聲音唸的正是《法華經》。

④今日本三重縣大半。

⑤約三十六公尺。

「一定是某位大師在山中修行。」

十天過去，一個月過去，三個月過去，那聲音始終沒停歇過。

村民動了信奉之心，想送食物給聲音的主人，卻遍尋不到聲音來源。

又過了半年。爲了拉筏子出來，村民再度進入深山，不料那聲音依然日夜不止。

眾人感覺事情有點蹊蹺，便向永興禪師報告此事。

「由於發生如此如此之事，那聲音至今還在吟誦《法華經》。」

永興親自到深山探訪，果然聽到吟誦《法華經》的聲音。

循著聲音深入山中，永興發現森林內懸崖聳立，懸崖途中掛著一具屍骸。屍骸雙腳用麻繩綁住，可見那死者似乎是生前下定決心，自己從懸崖上跳下。麻繩一端湊巧勾在途中某塊岩石上。

屍骸已化爲白骨，但懸崖下有個永興眼熟的白銅水壺。

「喔，那不是兩年半前說要入山修行的僧侶嗎？」

原來那僧侶死後依然吟誦著《法華經》。

自古以來，熊野山便是靈山之一，人們相信熊野山離極樂世界最近。那僧侶大概是爲了佛法而捨身。

懸崖險峻得很，無從攀上，永興只好忍痛棄屍骸不顧。

又是三年。熊野村的村民又來向永興報告：

「前些日子我們再度入山，結果又聽到那唸經聲了。」

永興再到那個地點，只見繩索已腐爛，僧侶屍骸掉落在懸崖下。

他仔細一看，發現骷髏口中的舌頭不但沒腐壞，且顏色鮮艷，正在不停蠕動，吟誦《法華經》。

「大概是持續吟誦《法華經》，功德無量，才會如此。此人非凡人，是眞正的尊者。」

永興語畢，向屍骸合掌以表敬意。

二

「雖然我也認爲這的確是《法華經》靈驗的典型故事之一，可是……」

博雅似乎在思索如何以言語適切表達自己的想法。

「可是怎麼了？」

「晴明啊，我總覺得，那骷髏的舌頭在熊野山中日復一日，不管秋夜冬

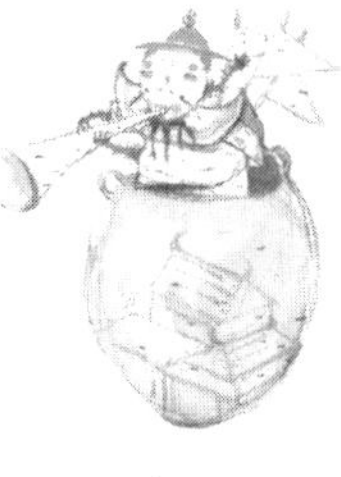

夜，始終持續吟誦《法華經》這事，我怎麼想也不會認為他是尊者，反而感覺有點恐怖。」

「那當然啦。」

「你也這樣想嗎？」

「嗯。」晴明的紅脣微微浮出冷靜微笑，望著博雅。「人若是傾慕某人，有時候也會因過分戀慕而化為鬼。」

「唔。」

「過分執著的人，也會化為鬼。」

「的確……」

「為了想極樂往生而熱心吟誦《法華經》，其實也是一種執著。」

「……」

「那僧侶的執著大概非常強烈吧。」

「這麼說來，晴明啊，骷髏的舌頭吟誦《法華經》一事，其實不是《法華經》很靈驗？」

「不是，應該是那僧侶的強烈執著令舌頭持續吟誦。這大概也是一種鬼怪。」

「是鬼嗎？」

「是鬼。」晴明點頭，再望向博雅，低聲接道：「可是，博雅，那舌頭……」

「舌頭？」

「嗯，眞虧你提起骷髏舌頭，幫了我大忙。」

「什麼意思？」

「舌頭嘛。」

「舌頭？」

「骷髏啦。」

「骷髏？」

「我剛好碰到很傷腦筋的問題。」

「是嗎？」

「這問題其實與東大寺有關。多虧你提起舌頭，我才想得出該如何處置。」

「到底是什麼問題？」

「西京有座寺院，名爲最照寺。」

「那寺院我也知道。」

「八十年前左右，在東大寺修行的常道上人創建了最照寺。這位上人曾經接受空海和尚的灌頂……」

「嗯，空海和尚與東大寺的緣分很深……」

「常道上人已於七十五年前過世，目前最照寺的住持名爲忍覺……」

「我聽過他的名字，在宮中也見過幾次。」

「今年將要五十六歲了，正是這位忍覺和尚遇上奇妙的事。」

三

最初察覺忍覺和尚不對勁的人，是名爲元心的弟子。

早課時，忍覺遲遲不出現。元心感到很納悶，便到忍覺房間探看，發現他還在被褥中熟睡。

迄今爲止，每逢早課，忍覺很少遲到。不，應該說從未遲到。因而元心看到忍覺還在睡覺，反而鬆了一口氣，暗忖：原來大師也會睡過頭。

「忍覺大人……」元心呼喚。

然而，忍覺依然酣睡。

「忍覺大人。」元心揚高聲音再度呼喚，還是叫不醒忍覺。

難道是過世了？元心挨近被褥，伸手觸摸忍覺的肩膀，很溫暖。而且忍覺還發出鼾聲。原來他還在熟睡，只是叫不醒。

元心用手輕輕搖晃忍覺的肩膀，持續叫喚，但依然叫不醒。只好將嘴巴湊近忍覺耳畔叫喚，用力搖晃。不管發生了什麼事，這樣應該叫得醒任何人。可是，忍覺仍然醒不過來。

「忍覺大人叫不醒來。」

其他僧侶聽了元心的報告，紛紛聚集到忍覺房間。

有人呼喚，有人在忍覺口中餵水。眾人用盡種種方法，還是無法叫醒忍覺。

奇妙的是，忍覺只是持續酣睡，看不出有別的毛病。

於是，眾人商議後，決定讓忍覺繼續睡，先觀察一天。如果還不醒來，再來商討應該如何處理。

可是，一天過了，忍覺依舊陷於酣睡中。

正當眾人商討善後時，忍覺突然在眾人面前張開大口。眾人以爲他醒過

來了，原來不是。忍覺只是張著大口繼續沉睡。

之後，忍覺口中發出令人不快的「啊、啊……」呻吟。仔細一看，只見忍覺因痛苦而五官扭曲，張開的嘴巴中流出口水。

忍覺看似很痛苦，左右扭身，時時呻吟。

不久，從他的口、鼻、耳、肛門六穴中，冒出類似烤焦肉味的煙。

這下不行了。

弟子都不知道忍覺身上到底發生了什麼事，只能合力按住在被褥中掙扎的忍覺。沒想到忍覺使勁推開眾人的手，「哇」地大叫一聲，撐起上半身，醒過來了。全身汗流浹背，有如潑了熱水。

忍覺又鬧了一陣子，才安靜下來。看似已恢復正常。

「元心……」忍覺察覺弟子都圍在自己身邊，開口呼喚弟子的名字。

「您醒過來了？」元心問。

「原來是夢……」忍覺喃喃自語。

「您做了很可怕的噩夢嗎？看起來非常痛苦……」

「不，可是……如果是夢，那光景未免太……」忍覺想說什麼，又頓住口，望著弟子。「元心……你馬上鑽進這房間的地板⑥下，如果發現什麼可

⑥原文為「床下」（ゆかした），即「地板」。日式建築多架高建造，房屋地板與地面間有空隙。

疑的東西，把那東西拿到這兒來。」

「可疑的東西？」

「什麼都好。總之，你先鑽進地板下看看。」

元心聽畢，來到屋外，鑽進窄廊，爬到地板下。

不久，地板下傳來元心「哎呀」的叫聲。

據說，元心回到房間後，向眾人報告：「房間地板下，有人的頭骨。」又說：「大師雖然吩咐我拿過來，可是，太恐怖了，我不敢碰那骷髏……」

「將那骷髏拿過來。那是兩年前過世的壽惠大人的骷髏。」忍覺說。

「可是，壽惠大人不是埋在這寺院後的墳墓中嗎？」

「你去看看那墳墓吧。」

元心聽從吩咐，出去探看壽惠的墳墓。回來時，面色蒼白地說：「有人挖掘了壽惠大人的墳墓。」

「不，那是壽惠大人的骷髏自己從墳墓中爬出來的痕跡。」

「啊？」

「總之，你到地板下將壽惠大人的骷髏拿到這兒來。不用害怕。是壽惠大人救了我一條命。」

過一會兒，忍覺面對從地板下拿出來的骷髏，開始向弟子講述自己的怪誕夢境。

四

起初，我以爲是在做夢——忍覺如此說。

夢中的忍覺在山中行走。然而，說是做夢，四周樹林的每一片樹葉、草叢的每一根草，又是那麼鮮明無比。

下坡走在溪澗中，流水更是淙淙有聲，伸手入水也能感覺水溫冰冷。野鳥啼叫，頭頂的樹葉隨風沙沙搖曳。

這不可能是夢境。

怎麼可能是夢境？

可是，若非夢境，自己到底是何時來到這山中？

渡過溪澗，登上山路，再走一陣子，最後來到一處平坦地方。

那兒有棟房屋。是大唐風格的瓦屋，長廊般的細長建築物有間隔，看似僧房。

進去一看，裡面果然有位僧侶，而且是自己認識的僧侶。
忍覺情不自禁想叫喚對方，卻突然想起對方是以前住在最照寺的僧侶，三年前過世了，便打消主意。
難道是那僧侶死了之後，化爲惡鬼住在這山中？
正當忍覺不知如何是好，對方也發現了忍覺。
僧侶面如白紙地挨近，一本正經地說：「爲什麼您能到這兒來？這兒不是一般人能來的地方，眞是奇怪……」
看那僧侶的樣子不像是惡鬼，可是，忍覺無法理解僧侶所言。
「您大概不知道，這兒其實極爲可怕。」僧侶渾身顫抖地說。
忍覺聽後，更不知所云。
這時，有人插嘴：「是我呼喚忍覺來這兒。」
循著聲音來源一看，忍覺發現已過世兩年的恩師壽惠大人，竟然站在眼前。
「壽惠大人，您怎麼會在這兒？」
「哎，實在沒時間慢慢跟你解釋，因爲那些人要來了。」
「那些人？」

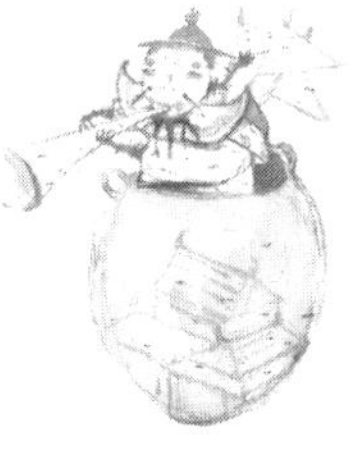

「很可怕的人。我們每天在這兒過得極爲痛苦。所以我想讓你看看我們的痛苦。」

「痛苦？」

「對，大師說得沒錯，正是痛苦。」最初遇見的那位僧侶一邊流淚一邊回答，「如果將來您也在那寺院過世，總有一天也會到這兒來。」僧侶還在顫抖。

「爲了想讓你看看我們的痛苦，我才去你那兒叫你。從墳墓一路滾著過去，但還是無法爬上你的房間，只好鑽進地板下，等你睡了，才把你帶來這兒。」壽惠上人面色憔悴不堪。

「啊，時間到了，那些人要來了。」最初遇見的那位僧侶嚇得打牙戰。

「忍覺，你聽好，你躲在暗處，仔細觀看我們到底受什麼痛苦。等你回到人世，再想辦法救救我們。」

「壽惠大人，到底怎麼回事？」

「在我所有弟子中，你最優秀。我相信你的能力，所以萬事都拜託你了。現在沒時間向你詳細說明，你趕快躲起來。記住，在這之後，無論你看到什麼光景，千萬都不能出聲。」

剛說完，壽惠大人便在忍覺背部推了一把，催促忍覺快躲起來。

忍覺慌慌張張躲到庭院大岩石暗處，剛躲好，遠處上空便有人飛來。

那些人全做唐人打扮，陸續自上空飛至庭院。約有四、五十人。

「今天照樣開始吧。」看似首領的男人開口。

「是！」唐人回應後，開始在庭院不知準備些什麼。

他們先挖掘泥土，再豎立看似綁縛罪人的十字架，又不知從何處運來柴薪，生起熊熊火堆。火上安置鍋子，放入銅塊使其熔化，像是煮一鍋紅湯般咕嘟咕嘟煮著滾燙銅湯。

看似首領的男人盤腿坐在地上，觀看手下工作。身後插著好幾面紅旗。

待一切準備妥當，首領模樣的男人說：「把罪人通通拉到這兒來！」

於是，唐人紛紛闖入家中，接二連三拉扯出十數名僧侶。

忍覺認識其中幾位，而他們早已過世。有忍覺最初遇見的那位僧侶，壽惠大人也在內。眾人均因恐懼而五官扭曲，甚至有人哇哇大哭。

「先從你開始吧。」

首領模樣的男人指著一位僧侶，接著，幾個唐人圍住那大聲哭叫的僧侶，將他綁在柱子上。

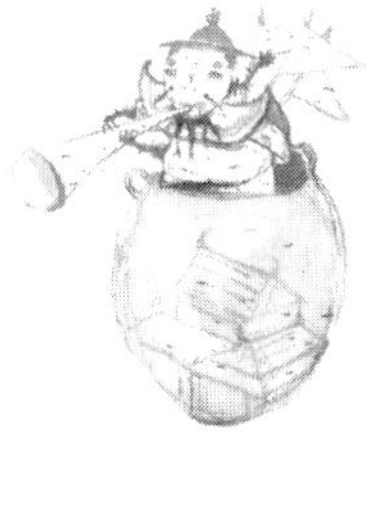

「救命呀！救命呀！」

唐人之一用粗大鐵筷塞進僧侶口中，扳開他的嘴。嘴巴張得極大的僧侶，無法再發出任何聲音。

他只能勉強發出嬰兒般的咿唔聲，自嘴角不斷淌出唾液。

「迄今爲止，你是不是曾經三次掉落飯粒沒撿起來吃？」首領說，「所以，你應該喝三杯。」

語畢，其他唐人取出長柄鐵杓，從鍋內舀出熔得黏糊糊的滾燙銅湯，灌入僧侶口中。

整整三杯。

類似蒸氣又像煙霧的東西自僧侶的鼻子、兩個耳洞及肛門冒出。不久，肛門排出含有血液、看似內臟的黏稠潰爛液體。

在這之間，其他唐人又拉扯出另一位僧侶，綁在另一根柱子上。

「你在最照寺打掃庭院時，七次不小心踏死了螞蟻。所以該喝七杯。」

這位僧侶被灌入七杯銅湯。

如此，在場的僧侶均以曾經打死身上吸血的蚊子、捏死跳蚤等罪名，逐一被綁在柱子上，讓人扳開嘴巴，灌下滾燙銅湯。

最後，輪到壽惠上人。

「你十九歲時，曾因爲看到女孩而心動邪念吧？」看似首領的男人說。

「那是我出家前的事。」

壽惠上人剛說畢，便有人扳開他的嘴巴，注入熔化的銅湯。

上人的耳朵、鼻孔、肛門，流出燒焦味道、令人悚然心驚的液體，全身痛苦得直扭動。

殘酷的光景，令忍覺忍無可忍，情不自禁發出叫聲：「啊呀……」

「咦？有人？」

眨眼間，唐人便圍住忍覺藏身的岩石，發現了他，將他拉到首領面前。

「你不是還活著？雖然早晚都會到這兒來，但現在還不到時候……」首領說完，得意笑道：「我知道了，有人叫你來的是吧？誰？誰叫的……」

忍覺無以作答，只能緊閉雙唇。

「你也要喝嗎？」主人說。

忍覺「哇」地大叫一聲想逃走，卻逃不掉，最後與其他僧侶一樣，被綁在柱子上。

唐人用鐵筷扳開忍覺的嘴，說：「喝吧，這味道很好，喝！」說完，便

灌入滾燙的銅湯。

那銅湯燙得忍覺幾乎要窒息。

就在忍覺痛苦掙扎時，耳邊傳來壽惠上人的聲音。

「是我，是我帶這人來這兒的。忍覺，醒來吧。只要你醒過來，就可以逃離此地。」

聲音逐漸遠去。四周風景也逐漸淡薄，模糊不清。

「沒用的，沒用的，即便逃過此時，日後也必定會去接你。必定會去接你……」那首領的聲音也逐漸遠去……

然後，忍覺清醒過來。

五

「這事太荒唐了。」博雅說，「人只要活在這世上，總會不小心踏死螞蟻吧？也會掉落飯粒吧？看到漂亮女人，當然也會動心。如果說這也是罪惡……」

「這世上的人，便全是罪人了。」晴明回道。

「結果呢？後來怎樣了？」

「忍覺大人嗎？」

「正是。」

「忍覺大人知道了地板下的骷髏是壽惠上人，也知道壽惠上人死後在某處受折磨……而且，壽惠上人希望忍覺大人拯救他們……目前只知道這些狀況……」

至於到底該怎麼辦，忍覺也一籌莫展。

況且，那首領說必定會來迎接忍覺。

萬一睡著了，那首領或許會在夢中來迎接自己，一想到此，忍覺就擔憂得不敢睡覺。

忍覺也想將之看成一場噩夢，然而，地板下的骷髏又該如何解釋？

在那以後，壽惠上人又受了怎樣的折磨呢？

若是再睡一次，或許能夠得知某些事情，可是，忍覺又不敢睡。

「因爲如此，聽說忍覺大人已經三天沒睡。」

「唉……」

「結果，大家不知如何是好，剛剛最照寺那位叫元心的僧侶就跑來找我

了。」

「既然這樣，你不快去解決的話，忍覺大人不是會耐不住睏意而睡著嗎？」

「聽說睏意來襲時，忍覺大人總是吟誦《般若心經》……」

「那你應該會跑一趟吧？」

「是應該跑一趟，可是，我也不知道去了之後該怎麼解決。幸好你預定今晚要來，所以我向最照寺的僧侶回說，等你來了，我們一起動身出發。」

「我也一起去嗎？」

「對。你總會說出我意想不到的事，幫了我很多次。今晚也是。」

「今晚？我說了些什麼？」

「你不是提起永興禪師遇見那骷髏舌頭的事嗎？」

「說是說了，那又怎麼了？」

「別急，博雅，這事可以在出發到最照寺途中再慢慢講。正如你剛剛說的，我們還是準備出發吧。」

「嗯。」

「去嗎？」

「走。」

「走。」

事情就這樣決定了。

六

「奇怪。」晴明說。

兩人已來到最照寺山門前。山門敞開著。

跨入山門，登上石階，上面還有一道大門，門內便是正殿。

「怎麼了？晴明。」博雅問。

晴明仰望著聳立在漆黑杉樹古木之間的山門，喃喃自語：「今天來找我的那位元心僧侶說過，這山門下會有人迎接。」說畢，晴明穿過山門，登上石階。

博雅跟在晴明身後。

老杉樹的枝頭遮蔽了左右兩邊上空。月光落在石階中央，照出一條筆直路線。

來到石階上，兩人又發現這兒的大門也敞開著。

四周沒有任何人影。穿過大門，門內也沒有任何動靜。

往庭院方向走去的晴明，突然停下腳步。

「晴明，怎麼了？」博雅壓低聲音問。

「有人來了。」晴明竊竊私語地回應。

正殿暗處出現了人影，正往庭院方向而來。

一人，兩人，三人……總計五人。四人是唐人打扮的男人，另一人是穿僧衣的男人。

唐人打扮的男人之一，牽著穿僧衣男人的右手。

走在前頭的男人，看似唐人首領，正往晴明與博雅的方向過來。

「你看得見嗎？」晴明問。

「如果你說的是往這邊過來那五個男人的話，我看得見。」博雅點頭。

再仔細一看，月光下那五個男人全身都發出朦朧青光。透過帶路那男人的透明身體，隱約看得見他身後男人的影子，可見這些男人似乎都沒有實際肉體。

「是陰間來的……」晴明低聲道。

唐人打扮的男人走近後，在晴明面前停止腳步。

「喔，這兒有兩個人。」唐人之一說道。

「他們沒睡著。」

「他們清醒著。」

眾人異口同聲如此說。

「你們牽的是忍覺大人吧？」晴明問。

「你認識這和尚？」看似首領的唐人問。

「果然是忍覺大人。能不能請你們放開他的手？」晴明沉穩地要求。

「不行。待會兒必須讓這男人好好品嚐熔化的銅液。」

「請放開他的手。」

「別干擾我們，不然把你也帶走，讓你去喝銅湯。」

「你們帶得走嗎？」晴明毫不畏懼，反而面帶微笑。

「哎，真麻煩，乾脆把他們也帶走……」首領語畢，口中不知喃喃唸些什麼，伸手指向晴明。

「奇怪？你怎麼不睡著？」

「你那一套對我不管用。」晴明說。

首領臉上浮出憤怒與驚懼的表情，大叫：「你是陰陽師？」

晴明不回答，紅唇邊只浮出微笑。

「算了，今晚先撤退吧！」首領下令。

剛說完，他的身影便逐漸淡薄，消失。緊接著，其他三個唐人也猶如融化在月光中，逐一消失。

剩下忍覺一人留在原地。

「本尊在何處入眠？麻煩您帶路吧。」

晴明說畢，忍覺緩緩邁出腳步。

七

「開始行事吧。」晴明開口。

這兒是正殿。晴明、博雅、忍覺、元心等四人，坐在高大的阿彌陀如來佛前。晴明與博雅並肩而坐，忍覺與元心也並肩而坐，四人面對面坐著。

四周點著四座有四根燭臺的燈火。

四人一旁，正是正殿主佛阿彌陀如來佛。對晴明與博雅來說，佛像在右側；對忍覺與元心來說，則在左側。

相對而坐的四人之間，擱著一個骷髏。地板上的骷髏面對著晴明。

晴明與博雅於半個時辰前，叫醒了正在酣睡的元心和忍覺。

其他僧侶也正在酣睡，但晴明與博雅只叫醒兩人。因爲分辨不出其他熟睡中的僧侶到底是中了唐人法術，還是處於自然睡眠中，所以才沒叫醒其他人。反正，唐人已離去，讓他們繼續睡也不礙事。

總之，晴明先叫醒元心與忍覺，再一起來到正殿。

關於晴明在夢中救了忍覺性命一事，忍覺記得很清楚。

忍覺說，本來與元心一起吟誦《般若心經》，途中睡意來襲，最後無法繼續忍耐，便睡著了。剛一睡著，唐人便出現在夢中。正當唐人欲帶走忍覺，晴明與博雅恰好及時趕到。

「那麼，開始吧……」晴明坐在地板，從懷中取出一張紙片。

晴明已請元心準備筆、硯臺、墨，他拿起筆，在紙片上開始寫字——是咒文。

完成一張符咒後，晴明將紙片放進眼前的壽惠上人骷髏內。

「總之，到底該如何應付，讓壽惠上人自己講吧。」

語畢，晴明握住右手，再豎起食指與中指，指尖貼在骷髏額頭上，口中幾次喃喃唸咒。

「動、動了……」博雅輕聲叫出來。

仔細一看，原來骷髏內部那張符咒正在微微顫動。

四周無風——因爲燈焰都沒晃動。可是，骷髏內部的符咒卻在顫動。符咒在骷髏內發抖般地微微晃動，發出聲音。

「這、這……」博雅叫出聲，望向晴明。「壽惠大人將符咒當成舌頭，好像在述說什麼。」

不過，在博雅耳裡聽來，仍只聽到紙張顫動聲而已。仔細聆聽，的確像是有人在講話，但到底說些什麼，則完全聽不出來。

然而，晴明似乎可以清晰聽出對方講些什麼。因爲晴明會配合符咒顫動聲，不時搭腔。

「然後呢……」

「原來如此。」

「那……」

會話進行到某個階段，晴明問骷髏：「那地方在哪裡？」骷髏內代替舌頭的符咒看似回答晴明，顫動了幾下。

不久，符咒停止顫動，晴明也不再對著骷髏問話或點頭回應。

晴明收回貼在骷髏額頭的指尖，說：「知道了。」

「知道了什麼？」忍覺問。

「例如，方才那些唐人到底想帶忍覺大人到什麼地方。」

「什麼地方？」

「藏經閣。」

「藏經閣？」

「這兒的藏經閣角落，有沒有一個約這麼大的金色罈子？」

「有是有，那罈子怎麼了……」元心回答。

「對不起，能不能麻煩你將那罈子抱到這兒來？」晴明吩咐元心。

過一會兒，元心雙手抱著罈子，回到正殿。

罈子擱在骷髏旁。罈子表面是華美的金黃色。足足有一人環抱大小的罈子，似乎在表面塗上黃金再燒製而成。

「您知道這是什麼罈子嗎？」晴明問。

「聽說是常道上人開創此寺時，從東大寺拜領過來的……」忍覺回應。

「其他呢？」

「不知道……」

「據說，這罈子是往昔大唐所使用的東西。」晴明說。

「是嗎？」

「後來，空海和尚將罈子帶回日本，寄存在東大寺，日後又流傳到這寺院來。」

「這是……骷髏……壽惠大人說的？」

「是。」

晴明點頭，再度問忍覺：「那麼，您知道這罈子出自何處、又被人如何使用嗎？」

「不知道。」

「據說，這罈子是長安某道觀的懺悔罈。」

「懺悔罈？」

「本來是擱在寺院或道觀內的罈子。道士修道時，若碰到某些妨礙修道的事，可以在罈內吐露。例如，情不自禁犯下無法向人表白的罪惡，或內心有無法坦露的隱私，只要將嘴脣對著這罈子悄聲自白，便能心情舒暢，再度刻苦厲行修道……」

「……」

「可是，從東大寺流傳到最照寺後，大家都忘了這罈子本來的用處……」

「唔……」

「由於很久沒人肯向罈子懺悔，罈子只好自己出來搜尋肯自白罪行的人，再帶他們到罈子內。」

「這罈子具有這種力量？」

「是。這罈子是空海和尚親選的，在大唐時也吸收了好幾年道士的懺言，來到這國家後，又每天聆聽和尚吟誦佛經，所以不知不覺中便具有這種力量吧。」晴明說畢，抱起罈子，將罈子摔在正殿地板。「我跟壽惠上人約好了……」

罈子啪嗒摔成碎片，碎片散落在地板上。

「喔！」

「喔！」

忍覺與元心同時叫出聲。

摔碎的罈子中流出大量鮮血，沾溼了地板。罈內本來一滴水都沒有，這

到底是怎麼回事？難道是罈子碎片自身流出的鮮血？

而且，更奇妙的是，罈子碎片內側似乎畫著一幅畫。在燈火下將碎片拼湊起來一看，才知道畫中是一棟蓋在深山內的大唐式建築。

「這、這房子！正是這房子……」觀看著並排在地板上的碎片，忍覺叫出來。

再定睛一看，畫中還有許多穿唐裝的男人。

「正是這些人！是這些人把我們……」

畫中，有幾個手中握著長柄鐵杓的唐人，也有將看似罪人的男人拉扯到院子的唐人。

院子一隅，也有個似乎盛著火紅滾燙銅湯的鍋子。

「原來……原來……」忍覺結結巴巴，一句話也說不出來。

「原來所有的一切，都是畫有這幅畫的罈子作祟。」元心喃喃自語。

「方便的話，這個能不能給我？」晴明問。

「這個破碎的罈子？」

「是。」晴明點頭，「這是空海和尚從大唐帶回來的罈子。雖然碎了，還是相當珍貴。日後應該可以用在其他用途上……」

「當然可以，請收下吧。」忍覺行了個禮。

「衷心感謝，那我就收下了。」晴明道過謝，轉頭望著博雅，心滿意足地說：「博雅啊，今晚多虧你在，才讓我圓滿解決了問題。現在回去的話，大概還可以觀賞黎明前的月色，繼續喝個兩、三杯酒吧。」

晴明道滿占卜箱內物

一

春天已來臨。

雖然櫻花還未綻放，但令人渾身發抖的酷寒消失了。

晴明橫臥在冰冷的板條窄廊上。

身體右側在下，支起右肘，頭擱在右手上，閉著雙眼。

臉側地板上，擱著一只盛了半杯酒的琉璃酒杯。

琉璃酒杯附近，另有一只酒杯。酒杯再過去一點，則是坐在窄廊上的源博雅。

梅花謝了，桃花也謝了。

現在是櫻花含苞待放的時候。

某些枝頭上，或已迫不及待地出現幾朵早開的櫻花。

晴明宅邸庭院內，四處可見千葉萱草①與繁縷冒出嫩綠葉子。不過，大概不久後也會埋沒於後來居上的野草間，失去蹤影。

午後陽光溫和地照射庭院。

陽光也照射在板條窄廊上的琉璃酒杯，在地板上映出光鮮綠影。

---

①野萱草的一種，又稱重瓣萱草。

博雅憂心忡忡望著晴明已有一陣子。那表情，看似在發怒。

「晴明，你眞的不在意？」博雅說。

「在意什麼？」晴明依然閉著雙眼。

「明天的事呀。」

「明天？」

「你明天不是要跟蘆屋道滿大人較量法術嗎？」

「喔，原來是那件事。」

「難道還有其他事？我擔心得坐立不安，特地跑來看你，你卻一付事不關己的樣子，逍遙自在地躺在地板上。」

琉璃酒杯所反射的陽光，在晴明雙眼附近晶瑩地跳躍。

「可是，就算我起來了，也無濟於事啊。」覺得光線刺眼的晴明睜開雙眼，挪一下臉，避開光線。

「話雖這麼說，但對方可是道滿呀。」

「唔。」晴明點點頭，總算撐起上半身。

晴明盤坐在窄廊上，背倚柱子。陽光照射在他一部分白色狩衣上，耀眼奪目。

「你爲什麼要接受這種挑戰？」

「爲什麼？博雅，你忘了？這本來就是你叫我接受的嘛。」

「我只是受皇上之託，才不得不轉達皇上的意旨而已。我以爲你會拒絕。」

「那男人拜託我辦的事，我可以拒絕嗎？」晴明微笑。

晴明口中的「那男人」，是皇上——村上天皇。

「唔、唔……」博雅回不出話來，只是以莫可奈何的眼神望著晴明。

事情是這樣的。

四天前，宮內殿上人提起晴明與道滿的法術。地點是紫宸殿。以村上天皇爲首，其他還有幾位殿上人在場，但提出此話題的，主要是左大臣藤原實賴與右大臣藤原師輔。

「古往今來，的確有幾位傑出的陰陽師，但是，如果只挑選一位的話，到底誰才有資格……」首開這話題的是村上天皇。

最初大家閒聊的是技藝。

從「琵琶名人到底是誰」開始，聊到「誰的畫最高明」，再扯到「哪個相撲力士最強」，聊著聊著，最後是村上天皇隨興地開了口。

雖然只是隨興講講，情不自禁脫口而出，但既然天皇說出口，眾人便無法聽而不聞。

「提到陰陽師，名滿天下的當然是已故的賀茂忠行大人，不過，若要說當代首屈一指的陰陽師，應該是忠行大人的公子賀茂保憲大人……」某人說。

「不，當代第一的陰陽師，除了天文博士安倍晴明以外，別無他人吧。」

說這話的是左大臣藤原實賴。有人點頭同意。

「聽說安倍晴明養了好幾個式神，而且曾在寬朝僧正的遍照寺內，用柳葉壓死蛤蟆。」

「我也聽過這件事。」

「我還聽說，晴明大人在一條戾橋下養著鬼。」

「有道理，原來是晴明大人……」

就在眾人聊得津津有味時，右大臣藤原師輔開口：「慢著。」

師輔是實賴的胞弟，總是處處與胞兄針鋒相對。

「我不是想否定晴明大人的實力，只是，並非陰陽寮內的陰陽師才稱得上陰陽師。」

「什麼意思？」實賴問。

「也有出色的陰陽師在野。」

「是嗎？」

「聽說，播磨國的法師或陰陽師中，有一位名爲蘆屋道滿的陰陽法師。據說他的法術相當高明。」

「蘆屋道滿？」

「以收錢爲目的，專門施行魘魅、蠱毒之類的法術，聽說會詛咒……」

「那太陰險了。」

「不，若要說蘆屋道滿陰險，保憲大人或晴明大人也一樣，只要他們願意，他們也會施行魘魅妖法與蠱毒妖術。」

「可是，保憲大人和晴明大人不可能施行詛咒法……」

「當然不可能。不過，道滿大人也並非隨意詛咒別人吧。如果不是有人花錢請他做，他也不會做出這種狠毒的事。」

關白太政大臣藤原忠平始終在一旁聆聽兩人對話，師輔說畢，他開口問道：「我也聽過那蘆屋道滿的傳聞。他的法力到底有多大？」

忠平是實賴與師輔的父親，爲了不想讓兄弟倆的爭辯發展爲無謂的口

角，刻意插話。

「據說，只要伸出手指，便能令空中的鳥掉落，也能在水上行走。」師輔回應。

「那不是很有趣嗎？」忠平說。

「有趣？」

「可以傳喚安倍晴明與蘆屋道滿進宮，讓他們兩人較量一下。」

「原來如此。」

「這主意的確不錯……」

實賴與師輔均興致勃勃。

「皇上覺得如何呢？」忠平向天皇徵求意見。

「鬥法嗎？」皇上點頭，「這的確有趣，不過，姑且不談晴明，你們知道道滿的居所嗎？」

「聽說他擅自住進西京一座破廟，在那兒飲食起居。如果真的在破廟內，派人去……」師輔回道。

「那麼，你立即派人去問蘆屋道滿，看他願不願意同晴明鬥法。」忠平吩咐。

「是。」師輔點頭。

「晴明大人那邊，派誰去問好呢？」忠平又問。

「派源博雅大人去如何？」

「有道理。博雅大人與晴明大人素有交情。就派博雅大人去吧。」

「好主意。」

幾位殿上人同時提名博雅，結果，皇上便任命博雅完成這個任務。

爲了這件事，三天前，博雅來到晴明宅邸。

「我本來很想阻止這回的鬥法，可是，晴明啊，那天，我湊巧不在現場……」

博雅來到晴明宅邸，歉疚不安地向晴明轉達了皇上意旨。

「因爲皇上直接拜託我來傳達，不得已只好來了。不過，要是你不想接受，就一口拒絕算了。」博雅語畢，告辭回家。

這是三天前的事。

然後，博雅今天又特地來到晴明宅邸。

博雅在宮中聽聞晴明答應與道滿鬥法後，急得如熱鍋上螞蟻，趕忙來到晴明宅邸。

來了一看，竟發現晴明躺在窄廊上喝酒。

「博雅，陪我喝一杯吧。」

聽晴明如此說，博雅也只好坐下，陪同晴明一起喝酒。

明天正是鬥法的日子。

「晴明啊，明天大家看過你們各自的法術後，會要你們猜謎較勁，預測藏在箱內的東西是什麼。你知道這消息嗎？」博雅問。

「嗯，知道。」晴明若無其事地點頭，一點都不擔憂的樣子。「總之，博雅，今天就放鬆一下吧。」晴明望著初春的庭院說道。

二

清涼殿——

晴明坐在木階上的板條窄廊。

坐在晴明對面的，是一位奇妙老人。

老人白髮蒼蒼、又長又亂，宛如一頭飛蓬；滿臉白鬚。

黝黑的臉孔，鏤刻著深又長的皺紋。

不知是曬黑或本來就膚色黝黑，抑或汙垢所致。

皮笑肉不笑的嘴脣，露出既黃又長的牙齒。

蘆屋道滿——這男人平日囚首垢面，今天倒是衣冠楚楚，穿著殿上人進宮時必須穿的錦袍。

然而，煥然一新的僅是外表，內在畢竟是那個道滿。

這天，在宮內與晴明初次碰頭時，道滿右手指尖搔著後腦杓，向晴明打招呼：「喔，晴明。」

接著，脣角瞬間浮出有點難爲情的笑容說：「這兒太拘束了，眞受不了。」

一般而言，以道滿的身分，根本沒資格進宮。這天是特殊日子，所以皇上特別准許他進宮。

晴明與道滿相對坐在板條窄廊，面對兩人的房間內，早已聚集眾多與此話題有關的殿上人。

皇上坐在上房御簾內。

御簾外一級臺階下，左右各是左大臣藤原實賴、右大臣藤原師輔。

關白太政大臣藤原忠平也在場，也可以看到坐立不安的源博雅。

藤原恒清滔滔不絕講述有關這天鬥法的開場白時，道滿只是漫不經心地望著屋簷彼方的青空與飄盪的浮雲。

紅脣隱約含著微笑的晴明，則看似打盹兒般，閉著雙眼坐在原地。

四、五隻麻雀在庭院地面啄食。

開場白結束，恒清道：「接下來，比賽如何開始呢？」

「今天天氣真好呀。」道滿仰望著屋簷外的天空，喃喃低語。

眾人聽他這麼一說，不由自主也將視線移向上空。

實賴、師輔更是探出身子望向天空。

坐在裡邊的皇上看不到天空。

晴空布滿初春陽光，只有一兩片浮雲在上空飄盪。

「浮雲在流動。」道滿宛如和藹可親的爺爺，從容不迫地繼續低語。

「即便這麼好的天氣，只要龍神願意，也可以馬上掀起一場暴風雨，讓這兒風雨交加吧。」

「……」

眾人無法理解道滿到底在說什麼。

看樣子，道滿似乎打算開始表演些什麼，卻沒人知道他到底想做什麼。

「不過，從上房大概看不到浮雲與龍神的動靜。」

道滿微微抬起右手，向上空招了招手。

結果，本來在上空飄盪的一片浮雲，突然轉變方向，輕飄飄地朝清涼殿逐漸降低高度。

眨眼間，那片浮雲便降到庭院上空，而且飄進清涼殿中。

「喔！」

浮雲蟠踞在清涼殿天花板，瞬間變了顏色。

從白雲變成烏雲。

烏雲在眾人頭頂開始打旋，漩渦中央也出現一條閃閃發光的細長綠色雷電。

「喔！是龍！」有人大叫出來。

烏雲中果然出現一條翻飛騰躍的龍，身軀盤纏著雷電。

青綠色的鱗片在烏雲中忽隱忽現。

「是龍！」

「雲中有龍！」

就在眾人大喊大叫時，耳邊又傳來一聲野獸咆哮。

仔細一看，窨廊上不知何時出現了一隻白虎，睜著炯炯有神的黃色雙眸，仰望著天花板。

「喔，是老虎！」

「這回出現了老虎……」

眾人又喧嚷起來。然後，只見白虎後腿一踢，騰空躍起，跳躍到烏雲中，與龍展開一場激烈搏鬥。

這時，眾人聽到有人啪、啪地拍了兩次手，剎時之間，烏雲、龍、白虎都如夢境般消失了。

拍手的人，是晴明。晴明已睜開雙眼，面帶微笑，環視眾人。

「唷，這是……」大臣藤原忠平大叫。

眾人順著忠平的視線往下看，發現地板上掉落兩張剪成龍型與虎型的紙片。

屋簷外的天空與方才一樣晴朗，浮雲依然在上空悠悠飄盪，彷彿什麼事都沒發生過。

眾人總算理解，此時此刻、於清涼殿中，道滿與晴明之間似乎交鋒了一回合，但彼此到底施展了什麼力量與法術，卻無從得知。

僅有晴明與道滿兩人心知肚明。

三

「麻煩準備硯臺與墨……」說此話的是晴明。

「墨？」實賴問。

「是。順便準備些許水和一架屏風……」

硯臺和墨送來後，晴明鄭重地開始磨墨。磨好後，他從懷中取出一枝筆。

此時，晴明面前已安置一架綢質屏風。

晴明提筆沾滿墨汁，在屏風前支起單膝。晴明先將筆尖貼在屏風左側，再往右移動。自左而右。猶如將屏風上、下瓜分爲二，晴明自左而右畫出一條線。

擱下筆，晴明在窄廊上將屏風換了個方向，以便眾人看見。

「這是什麼？」忠平問。

「是海。」晴明回答。

聽晴明這麼一說，果然不錯，將屏風分隔爲上、下的那條水平線，的確可以看成是海。

晴明又將右手伸入懷中，取出一把折扇，打開半面，自一旁輕輕搧起。

「你在做什麼？」忠平又問。

「起風了。」晴明似答非答，喃喃低語。

「浪來了……」晴明說畢，屏風上那條水平線開始上下晃動。

「風，逐漸大起來了……」晴明加快搧動的速度。

「浪，逐漸高起來了……」

屏風上的海浪增高了。

原本只是單純的一條橫線，現在已形成大海，在屏風中白浪滔滔起來。

「海浪將會愈來愈高……」晴明用力搧著折扇。波浪愈來愈高，前浪催後浪，開始濺起浪花。

浪花飛濺到屏風外。

「喔！」

「好冷！」

屏風附近，某人伸手按住臉頰，身子往後縮。

一陣浪潮湧了過來。轟隆一聲，波浪自屏風中流溢而出。

第一波溢出來後，接二連三湧現的浪潮也自屏風中流溢出來，最後，海水宛如瀑布自屏風中流瀉。

「喔！」

「這……」

左大臣實賴、右大臣師輔、忠平皆站起身。

「晴、晴明！」博雅也站起來。

身在御簾內的皇上也站起來了。

殿內充滿海水，不但流進板條窄廊，更順著木階流到庭院。②

文風不動坐在窄廊上的，只有晴明與道滿兩人。

道滿右手伸入懷中，取出一個素陶杯子，擱在滿是海水的板條窄廊上。

海水沒沖走杯子，杯子穩穩當當擱著。

接著，流溢在窄廊的海水以道滿擱置的杯子爲中心，開始打旋。

原本海水高過坐著的道滿膝蓋，現在逐漸流入杯內。

不一會兒，海水高度便降低了。等眾人回過神來，清涼殿內與庭院都不見一滴水。

---

②建築構造是可以下樓到庭院的木階、欄杆，板條窄廊、垂簾、走廊、地板房，走廊再依需要，用屏風隔成許多小房間。

方才還看似淹滿了水的地板、木階，不但沒沾上任何水，連身上的服裝也沒浸濕。

板條窄廊上，只剩下一架畫著一條橫線的屏風，晴明坐在屏風旁微笑。

道滿膝前則有一個杯子，杯子內裝滿了水。

道滿舉起杯子，畢恭畢敬獻給忠平：「請……」

忠平戰戰兢兢接過。

「請喝下。」道滿說。

「喝下？喝下這個？」

「是。」道滿俯首行禮，忠平看了一眼御簾內的皇上，豁出去一般，將杯子送到唇邊，含了一口。

水一進口中，忠平頓時變了臉色，看似想要吐出來，卻又看了一眼御簾內，最後咕嘟吞下。

「好鹹！」忠平大叫，伸起左拳抹了抹嘴，說：「這是海水！」

四

道滿向晴明伸出右手，手掌握成拳頭，指間露出看似棕色羽毛的東西。

「這是剛剛在庭院溺水的麻雀。」道滿說，「晴明大人，你猜猜看，這麻雀到底還活著？還是死了？」

「呵呵，道滿大人……」晴明脣角浮上微笑，回道：「如果我說還活著，您大概會在手中握死麻雀；如果我說死了，您大概會將麻雀放回空中吧？」

「哼哼。」道滿難爲情地苦笑了一下，張開右手。

結果，從道滿手掌中飛出一隻麻雀，鑽出屋簷逃到上空。

「啐。」道滿低低啐了一聲，右手伸到右耳後，咯吱作響地搔起頭來。

「晴明，道滿。」忠平呼喚兩人，「我們已觀賞過兩位大師的法術，接下來，請兩位大師來猜猜我們準備好的東西。」

「喔。」

「猜東西嗎？」道滿和晴明同時低道。

「是射覆③。」忠平說。

---

③原文「射覆」，中文確有猜謎遊戲之意，玩法亦如文中所述。在中國，後世傳為喝酒行令的口語猜謎遊戲。

所謂射覆，是識破或猜測用遮蔽物蒙住、掩藏於某處的物體的一種法術。

擱在晴明與道滿兩人面前的，是個表面有龜鶴螺鈿蒔繪的箱子。箱子上捆著紫色絲帶。

「請兩位猜猜箱內的東西。」忠平說，「道滿猜數量，晴明則猜裡面的東西。」

「明白了。」道滿和晴明同時點頭。

「嗯……」道滿望著箱子，問晴明：「我可以先回答嗎？」

「請。」晴明點頭。

「裡頭是十二隻老鼠。」道滿輕聲道。

「什、什麼？」右大臣藤原師輔大叫出聲。

「是十二隻老鼠。」道滿望了一眼叫出聲的師輔，得意地笑笑。

坐在另一方的博雅，驚愕得差點站起來。因為這是一場一方回答數量，另一方回答箱內物的比賽。

如果讓道滿先回答，他應該只能說出「十二」這數字。沒想到道滿竟然將兩個答案都說出來。

假若道滿的答案正確，那晴明無論說出數量或說出裡面的東西，都會被人看成是倣效道滿的答案。

然而，晴明卻不動聲色。接著，若無其事地開口：「是四個大柑子。」

大柑子，是酸橙。

「喂、喂！」博雅大叫出來。

大柑子是夏季產物，這時節，恐怕樹上都還未結果。換句話說，箱子內不可能有這果實。

「啊哈，你竟然來這一手，晴明大人……」道滿低道，再度開口：「十二隻老鼠。」

「四個大柑子。」晴明也再度說了同樣答案。

結果，道滿又低道：「十二隻老鼠。」

「四個大柑子。」晴明依然堅持自己的答案。

「十二隻老鼠。」

「四個大柑子。」

兩人各執己見。

「道滿大人……」晴明說，「你先回答了，我隨後才回答，沒必要再繼

續下去吧？」

「說得也是，有道理。」道滿點頭。

「好，反正打開箱子便知結果。」忠平插嘴。

晴明和道滿兩人緘默不語。

「那麼……開吧……」

箱子打開了，裡面果然如晴明所說，是四個大柑子。

「這、這……」師輔也發出驚叫聲。

「哈哈，不愧是晴明大人，吾人的法術眞是望塵莫及。」道滿毫不在乎地揚聲哈哈大笑。

五

兩人悠然自得地喝著酒。

此刻是夜晚。晴明宅邸庭院的櫻花，因白天氣溫高，已開始綻放。

從窄廊看過去，只見黑暗中稀疏點綴著白花。

晴明和博雅相對而坐，正在喝酒。

窄廊上擱著一瓶大酒瓶、三只素陶酒杯。其中，有兩只盛滿了酒。

兩人偶爾將酒杯送到嘴邊，漫不經心地觀望著庭院夜色。

這天中午，晴明和道滿進行了一場法術競賽。

「話說回來，晴明啊，實在太令人吃驚了……」博雅說，「你和道滿互相堅持老鼠、柑子那時，是不是彼此在下咒？」

「嗯，的確是在下咒。」

「你們彼此各執己見，結果箱子內的東西，中了最後說出答案的那人的咒？」

「嗯。」

「不過，道滿最初說出答案時，連數量和裡面的東西都說出來，我還擔心不知道結果會變成怎樣。可是，是不是因爲道滿先說出來，反而讓他陷於不利的立場？」

「……」

「但是，晴明啊，你跟道滿離開之後，又發生一件更令人吃驚的事。」

「什麼事？」

「你們走了以後，第一個衝到箱子前的人是右大臣藤原師輔。師輔大人

看似很不服氣的樣子，一下拿起大柑子來看，一下又反覆察看箱子……」

最後，師輔好像想到什麼，低嚷了一聲，剝起手中的大柑子皮。

「麻煩大家幫我剝一下這柑子。」

幾個人過來幫忙剝柑子，剝開四個柑子的皮後，沒想到柑子內竟出現了萱鼠。

原來四個大柑子中，裡面各有三隻小萱鼠。大家一剝開柑子皮，便看到小萱鼠陸續爬了出來。

「證明你跟道滿大人都猜中了箱子內的東西。」博雅說，「結果，從柑子中爬出來的小萱鼠，每隻都啣著一個金色亮光的小玩意兒。你知道那小玩意兒是什麼東西嗎？」

「是金製的十二神將吧。」晴明道。

「你怎麼知道？晴明，正是如此。萱鼠嘴巴啣的，正是小指大小、用黃金雕刻的十二神將。」博雅說。

十二神將是藥師如來的隨從，十二位守護神。

子神將，宮毘羅。

丑神將，伐折羅。

寅神將，迷企羅。
卯神將，安底羅。
辰神將，頞你羅。
巳神將，珊底羅。
午神將，因達羅。
未神將，波夷羅。
申神將，摩虎羅。
酉神將，眞達羅。
戌神將，招杜羅。
亥神將，毘羯羅。
「大家慌忙捕捉啣著金像的萱鼠……其實這也是有理由的。」
「箱子裡頭的東西，本來就是那十二神將吧？」
「晴明，你怎麼知道？」
「那是藤原師輔大人的珍寶吧？」
「嗯，是藤原大人於幾年前請東大寺的佛像雕刻師製作的金像，據說是非常精緻的作品。這回是師輔大人自己建議將十二神將藏在箱子內。當時，

現場知道箱子內東西的人，除了師輔大人，據說只有實賴大人和忠平大人而已。」

「唔。」

「可是，太遺憾了，有一隻萱鼠始終找不到。那隻萱鼠啣的十二神將金像之一，怎麼找都找不到。」

「哪個神將？」

「辰神將的頞你羅。」

「是嗎？」

晴明語畢，庭院似乎有人出現。

博雅望向庭院，發現庭院中有人朦朧地佇立在暗處。

是個衣衫襤褸的老人。白色蓬髮和白色鬍鬚，都是博雅眼熟的。

「道滿大人……」博雅低道。

正是蘆屋道滿佇立在庭院中。

「晴明……」道滿低聲呼喚。

「原來是道滿大人，恭候許久了。」晴明說。

「吾人來要約定好的東西……」

「明白了。您先過來喝一杯再走吧。」

「喔。」

道滿漫步過來，從木階直接跨上窄廊，坐在兩人之間。

「說眞的，那服裝眞會累死人。」道滿搔著頭說。

晴明舉起酒瓶，在第三只空酒杯內斟滿了酒。道滿接過酒杯，津津有味地喝下。

「好酒！」道滿伸出舌頭舔去沾在唇上的酒。

晴明輕輕彈了三下手指，庭院傳來一陣窸窣聲，一隻萱鼠沿著木階爬上窄廊。

萱鼠啣著一個金光閃閃的東西。

「乖，乖。」晴明伸出右手取出萱鼠口中的金色東西。

「這是……」博雅問。

「黃金十二神將之一，辰神將的頞你羅。」晴明回道。

辰，亦即龍也。

「果然是出色的作品。」晴明觀賞了一會兒手中的金像，再將金像遞給道滿。「拿去吧。」

「那吾人就收下了。」道滿接過金像，理所當然地收進懷裡。

「那是師輔大人的……」博雅問。

「沒錯。」晴明回應。

「爲什麼那東西會在這兒？晴明，這到底是怎麼回事？難道一開始你就打算將這個給道滿大人……」

「是呀，我們事前約定的。」

「什麼約定？」博雅追問。

「是那小子先打壞主意的。」道滿說。

「那小子？」

「藤原師輔。」

「什麼？」

「師輔那小子，事前來向吾人賣人情，透露當天要以射覆鬥法，而且還告訴我箱子內的東西……」

「師輔大人？」

「他說，因爲是他在宮中提出吾人的名字，爲了面子，一定要讓吾人贏過晴明。」

「……」

「於是，兩天前夜晚，道滿大人來這兒找我了。」晴明說。

晴明，兩天後的比賽，吾人可以故意輸給你……

當時，道滿如此向晴明說，又補充一句：「但是，吾人想要一樣東西。」

「什麼東西？」

「吾人想要箱子內的十二神將之一。」

「爲什麼？」

「爲了懲罰對方作弊。這是吾人跟你之間的比賽，那小子竟然來向吾人說些無聊的條件。晴明啊，吾人就讓你贏這場比賽，你得名，吾人得利，怎樣？」道滿問。

「結果我答應了。」晴明道。

「這……」博雅頓口無言。

「眾人還觀賞了我們的法術，這點報酬算是太便宜了，太便宜了……」

道滿邊說邊將酒杯送到嘴邊。

「難怪箱子內出現大柑子時，師輔大人會吃驚得大叫。原來是這麼一回

事……」博雅恍然大悟地喃喃自語。

「別管了，博雅，喝酒吧。」晴明在博雅酒杯中斟酒。

「唔，嗯。」博雅端起酒杯喝下。

月亮跌落西山邊緣，道滿站起身，低道了一句：「晴明，這場比賽實在好玩……」

「是啊。」

道滿在窄廊上緩步走向木階，跨下木階，來到庭院。

「下回見……」道滿頭也不回地說，就這樣消失在庭院中。

「博雅，你也覺得很好玩吧？」晴明問。

沉默了一會兒，博雅才點頭低聲回應：「嗯。」

後記

正是初夏。

我家四周，已從一片新綠轉爲滿目碧綠。

很高興能在此時出版《陰陽師》短篇集第四部《鳳凰卷》。

匯集幾個創意再寫成一篇短篇小說的工作，很有趣。

只要構思出一個主題，再想出幾個有關的創意，其後便是作者的技巧與資質問題了。不，當然也可以單純說是體力問題，不過，這麼說可就太直截了當。

平常漫不經心地過日子，某天，上空突然掉下一個異想天開的點子——這種情形通常不可能發生。

我不敢說絕對沒有，但在人的一生中，幾乎不可能如此僥倖。

極短篇小說名人星新一先生也說過，不費吹灰之力便能得到靈感，僅限於最初的一、二篇作品而已。

其餘的作品，便只能一味依賴精神力量與意志，絞盡腦汁構思。

該如何擠出作品的靈感？在此，我可以斷言，最佳辦法應該是：「全神專注思考」。

思考到大腦融化、腦漿從鼻孔流出來的程度——只是持續思考而已。或許也有其他種種方法，但這方法絕對最好，且效率最高。

看樣子，我似乎是耐得住這種工作的人。

每個月大約有十次，我必須經歷這種考驗，卻依舊無法習慣這種工作過程。

由於深知此過程非常辛苦，便時常情不自禁找些理由拖延。結果，往往拖到截稿日期前。

晴明與博雅的系列故事也是如此。只是，寫這系列故事時，我可以享受在其他作品中無法體味的樂趣。

雖是自己的著作，這樣講可能有點奇妙——但對我而言，每次寫晴明與博雅的新故事，幾乎就像要去跟他們相聚一樣。

有如與熟悉的好友聚會。一想到在稿紙上一字一字不停寫下醜陋字跡，是爲了與他倆相聚、在稿紙上與他倆對話、在那窄廊上和他倆一起喝酒，辛苦便會轉換成快樂。

這本書很有趣。

讀這本書的校對稿時，竟然讀得津津有味，忘了是自己所寫。

寫了這麼多篇，依然不減當初的趣味。我想，這大概正是此系列故事受歡迎的祕密。

十年前上市的第一部單行版，連文庫版都上市了，竟然還在增刷，這不是挺厲害的嗎？

在此，向各位讀者報告一件事。

我開設了一個網站。

網站內有我寫的日記、新的連載作品（而且是《陰陽師》的彩色圖畫故事新作品）等等，也有《陰陽師》專用的留言板與占卜網頁。

有些網頁必須付費觀看，不過，我打算定期舉辦贈送《陰陽師》原稿等活動。有興趣的讀者，請務必來逛一下。

夢枕獏公式網站「蓬萊宮」將於六月一日起試閱、七月一日正式開站。屆時，將連載夢枕獏與村上豊先生合著的《繪物語・陰陽師》。這是個有夢枕日記、讀者投稿、電子博物館、事務所日記、新書出版資訊等等，企畫多元的網站。

夢枕獏公式網站「蓬萊宮」網址：http://www.digiadv.co.jp/baku/

此外，也有將《陰陽師》拍成電影的計畫。如果此計畫能實現，也預計在網站內陸續發表相關訊息。

二〇〇〇年五月十四日
於小田原
夢枕獏

譯者後記

茂呂美耶

日本的陰陽師熱潮似乎已逐漸穩固，並落實在生活中。尤其是安倍晴明與源博雅這對「陰」、「陽」對比的活寶偵探，經由小說、漫畫、電影、電視劇及百種以上的相關出版品宣揚，幾已成爲「平成年號時代新種偶像」了。

其實，將安倍晴明這位本來埋沒於古典書籍中的陰陽師挖掘出來的作家，是一九八七年得到「日本SF大獎」的荒俣宏，他在得獎作品《帝都物語》中便讓安倍晴明大顯身手。《帝都物語》總計十二卷，發行量高達三百五十萬本以上，也拍成電影。然後，將安倍晴明與源博雅湊成「福爾摩斯與華生」的作家，則是夢枕獏。而漫畫家岡野玲子又將這對活寶廣傳於少女讀者群中，「新種偶像」便如此誕生了。

白狐之子？

根據傳說，安倍晴明的母親是白狐——當然，事實並非如此。比較有可能的推論是繩文人，也就是紀元前一萬年的繩文時代以來，便定居於日本列島的原住民，別名「山民」、「海民」。紀元前三百年左右，自中國大陸與朝鮮半島渡海而來的移民是彌生人。繩文人是狩獵、採集文化，彌生人則是水稻文化。水稻文化的移民必須保有土地，在固定場所定居下來，形成部落。這些部落之間經過長期爭霸戰，逐漸構築了古代大和朝廷。

而以狩獵、採集爲主的繩文人，基本上沒有定居的觀念，他們的衣食父母是大自然，仰賴山、河川、大海的產物爲生。因而他們不受大和朝廷所控制，類似遊牧民族到處移居。奈良時代，大和朝廷加強中央集權，以開拓地方的名目迫害繩文人，並蔑稱其爲「隼人族」、「熊襲族」、「蝦夷族」等等。

平安時代，原住民中有一集團爲「傀儡子」，經年沿著山岳路線在列島各地移動。此集團有一群名爲「白拍子」的女性，擅長歌舞，是農村舉行祭典時備受歡迎的藝人。而「白拍子」中又有少數具有占卜能力的女巫。晴明的生母很可能便是這類女巫之一。也因此，晴明天生能夠看到別人所無法看到的東西，也就是「百鬼夜行」。

戰國武將與陰陽師

戰國時代，朝廷沒落，輪到武士階級治世，陰陽師便從歷史舞台消失了。不過，全國各地的武將身邊一定都有軍師，這些軍師的前身大部分正是陰陽師。而培訓軍師的學校是「足利學校」，創立於一四三九年，首任校長是當時的易學權威，名爲「快元」的僧侶。每一位軍師候補都必須學占卦、風水、氣象學等等。足利學校直至明治五年（西元一八七二年）才停辦。

戰國武將其實都很在意占卦，武將手中的軍扇，也是咒術的一種。軍扇兩面各畫有日、月，萬一碰到不得不出戰的凶日，便在白天把軍扇的月亮那面顯現在表面，讓日夜顚倒，以便將凶日改爲吉日。連檢驗敵方首級時也都有安魂儀式，代表例是檢驗首級之前一定要先爲首級化妝，這是女人的工作。所有武將中，大概只有現實主義者的織田信長不相信這一套，而德川家康則非常重視咒術。德川家康開創江戶幕府時，迎接了天台宗僧侶天海當幕僚顧問。天海具有豐富的陰陽道知識，爲幕府盡力到第三代將軍時才過世。

陰陽道的現代面貌

安倍晴明的後裔是土御門家，江戶時代受到德川幕府的庇護，一直掌握著陰陽師集團的實權，並成立「土御門神道」。明治維新後，新政府不但剝奪了土御門家製作「曆」的發行權，更廢除了陰陽道。幸好有不少旁支以土御門家爲首，暗地結成了「土御門神道同門會」，苟延殘息下來。一九五二年左右，根劇麥克阿瑟將軍所擬訂的信教自由憲法草案，土御門神道才得以成爲正式宗教法人，以「家學」名目存續著陰陽道遺產，直至今日。

陰陽道流傳到現代，有不少儀式已落實在日常生活中，例如二次大戰時曾流行一時的「千人針」，那是在一塊白布上請人用紅線縫一針，總計讓千人縫千針，以保佑出征兵士能夠生還的咒術。另外，祈求心願能夠達成的「千羽鶴」，也是陰陽道咒術的變形之一。孕婦於懷孕五個月時，必須在戌日纏上「妊婦帶」，目的是祈望能安產。男子的大厄之年在四十二歲、女子在三十三歲的習俗，以及除夕夜的「除夕鐘」必定敲打一〇八下的習慣，也都源自陰陽道的數理。

作者介紹

夢枕獏（YUMEMAKURA Baku）

日本SF作家俱樂部會員、日本文藝家協會會員。生於神奈川縣小田原市，東海大學文學部日本文學系畢業。嗜好是釣魚，特別熱愛釣香魚。也熱中泛舟、登山等等戶外活動。此外，還喜歡看格鬥技比賽、漫畫，喜愛攝影、傳統藝能（如歌舞伎）的欣賞。

夢枕先生曾自述，最初使用「夢枕獏」這個筆名，始自於高中時寫同人誌風的作品。「獏」這個字，正是中文的「貘」，指的是那種吃掉惡夢的怪獸。夢枕先生因爲「想要出版夢一般的故事」，而取了這個筆名。

年表：

一九五一年	一月一日生於神奈川縣小田原市。
一九七三年	東海大學日本文學系畢業。

一九七五年	到海外登山旅行，初訪尼泊爾。
一九七七年	在筒井康隆主辦的ＳＦ同人雜誌《NEO MULL》、及柴野拓美主辦的《宇宙塵》上發表作品。在《NEO MULL》上發表的〈蛙之死〉受到業界人士注意，同作轉至ＳＦ專門商業出版雜誌《奇想天外》刊登而成爲出道作。之後在《奇想天外》發表中篇小說〈巨人傳〉，而正式開始作家之路。
一九七九年	在集英社文庫Cobalt推出第一本單行本《彈貓的歐爾歐拉涅爺爺》。
一九八一年	在雙葉社推出第一次的單行本新書《幻獸變化》。
一九八二年	在朝日Sonorama文庫推出Chimera系列第一部《幻獸少年Chimera》。
一九八四年	在祥傳社Non-Novel書系發表的「狩獵魔獸」系列三部曲成爲暢銷作。
一九八六年	循《西遊記》裡的旅途前往中國大陸作取材之旅，從長安到吐魯番。「陰陽師」系列開始連載。
一九八七年	繼續西遊記行程。下半年與野田知祐一同在加拿大的育空河泛

舟。

一九八八年　第三次踏上西遊記的旅程，到天山的穆素爾嶺。文藝春秋社出版《陰陽師》。

一九八九年　以《吃掉上弦月的獅子》奪得第十屆日本SF大獎。

一九九〇年　《吃掉上弦月的獅子》獲頒星雲賞平成元年度日本長篇獎。

一九九三年　十月爲坂東玉三郎所寫的〈三國傳來玄象譚〉在東京歌舞伎座「藝術祭十月大歌舞伎」上演。

一九九四年　出任日本SF作家俱樂部會長。岡野玲子改編的漫畫作品《陰陽師》出版。

一九九五年　小說《空手道上班族班練馬分部》由NHK拍成電視劇，由奧田瑛二主演。在東京神保町的畫廊舉辦照片展「聖琉璃之山」（亦有同名攝影集）。文藝春秋社出版《陰陽師─飛天卷》。

一九九六年　爲坂東玉三郎作詞的〈楊貴妃〉在歌舞伎座上演。爲NHK BS台的「釣魚紀行」錄影赴挪威。十月起在NHK總合台「大人的遊樂時間」擔任常任主持人。爲電視節目「世界謎題紀行」錄影赴澳洲。

一九九七年	文藝春秋社出版《陰陽師—付喪神卷》。
一九九八年	於中央公論新社出版《平安講釋—安倍晴明傳》。
一九九九年	《陰陽師—生成姬》於朝日新聞晚報開始連載。
二〇〇〇年	文藝春秋社出版《陰陽師—鳳凰卷》。
二〇〇一年	四月，NHK製作、放映《陰陽師》，由SMAP成員之一的稻垣吾郎主演。六月，岡野玲子的漫畫版出版至第十冊。十月，電影「陰陽師」上映。由知名狂言家野村萬齋飾演主角「安倍晴明」，眞田廣之、小泉今日子等人共同主演。文藝春秋社出版《陰陽師—晴明取瘤》。
二〇〇二年	文藝春秋社出版《陰陽師—龍笛卷》。
二〇〇三年	電影「陰陽師II」將於十月上映。文藝春秋社出版《陰陽師—太極卷》。
二〇〇五年	文藝春秋出版《陰陽師—三角鐵環》、《陰陽師—瀧夜叉姬》。
二〇〇六年	首度來台參加台北國際書展，掀起夢枕旋風。
二〇〇七年	改編同名作品的電影「大帝之劍」由堤幸彥導演、阿部寬主

演，於四月在日本上映。七月文藝春秋社出版《陰陽師─夜光杯卷》。年底配合首本繁體中文版《陰陽師》繪本《三角鐵環》來台舉辦簽書會，再度掀起《陰陽師》的閱讀熱潮。

二〇〇八年　雙葉社出版《東天的獅子》系列。

二〇一〇年　文藝春秋社出版《陰陽師─天鼓卷》。角川書店出版與天野喜孝、叶松谷共同合作的《楊貴妃的晚餐》。

二〇一一年　以《大江戶釣客傳》獲得第三十九屆泉鏡花文學獎、第五屆舟橋聖一文學獎。改編《陰陽師》的漫畫家岡野玲子訪台。同年傳出陳凱歌將與日本電影公司合作《沙門空海》的電影拍攝作業。文藝春秋社出版《陰陽師─醍醐卷》。

二〇一二年　以《大江戶釣客傳》獲得第四十六屆吉川英治文學獎。十月文藝春秋社出版《陰陽師─醉月卷》。適逢《陰陽師》出版二十五週年，文藝春秋社也同步出版《陰陽師完全解析手冊》。

二〇一三年　八月參加ＮＨＫ總合台的柳家權太樓的演藝圖鑑節目播出。九月在東京歌舞伎座上演《陰陽師─瀧夜叉姬》，創下全公演滿座紀錄。十月小學館出版長篇小說《大江戶恐龍傳》系列。

二〇一四年　文藝春秋社出版《陰陽師—蒼猴卷》、《陰陽師—螢火卷》，後者出版後獲得十一月網路票選「二十歲男性閱讀的時代小說」第二名。

二〇一五年　曾獲第十一屆柴田鍊三郎獎的小說《眾神的山嶺》，將由導演平山秀行翻拍成電影，阿部寬與岡田准一主演，三月前往尼泊爾山區取景，將於二〇一六年於日本全國院線上映。睽違十二年《陰陽師》再度影像化，夏季將在朝日電視台播出同名SP電視劇，由歌舞伎演員市川染五郎主演。

二〇一七年　作家生涯四十週年，榮獲菊池寬獎及日本推理大賞。

繆思系列
陰陽師〔第四部〕鳳凰卷
作者／夢枕獏（Baku Yumemakura）　封面繪圖／村上豐
譯者／茂呂美耶
執行長／陳蕙慧
總編輯／陳郁馨
副總編輯／簡伊玲
行銷企劃／廖祿存
特約主編／連秋香
封面設計／蔡惠如
美術編輯／蔡惠如
內文排版／綠貝殼資訊有限公司

社長／郭重興
發行人兼出版總監／曾大福
出版／木馬文化事業股份有限公司
發行／遠足文化事業股份有限公司
地址／231新北市新店區民權路108之4號8樓
電話／02-2218-1417
傳眞／02-8667-1891
Email：service@bookrep.com.tw
郵撥帳號／19588272 木馬文化事業股份有限公司
客服專線／0800221029
法律顧問／華洋國際專利商標事務所 蘇文生 律師
初版一刷　2003年8月
二版一刷　2018年4月
定價／新台幣290元
ISBN 978-986-359-513-7

歡迎團體訂購，另有優惠，請洽業務部（02）2218-1417分機1124、1135

國家圖書館出版品預行編目（CIP）資料

陰陽師. 第四部 鳳凰卷 / 夢枕獏著 ; 茂呂美耶譯-- 二版.
-- 新北市 : 木馬文化出版 : 遠足文化發行, 2018.04
240面 ; 14 x 20公分. -- (繆思系列)
ISBN 978-986-359-513-7 (平裝)

861.57　　107003404